王子様の抱き枕

不吉を誘うマドレーヌ

Sweet Dreams and Sleepless in Wonderland

――王子の寝室？
「い……異世界トリップ……!?」

——この痴《ち》女《じょ》、絞《こう》首《しゅ》刑《けい》になりたいのか！
——痴女でなければ暗殺者ですか？
王子の寝室に忍び込んでおいてふてぶてしい。
心底忌々しげな怒声が、頭の中で響く。

CONTENTS

Sweet Dreams and Sleepless in Wonderland

王子様の抱き枕

不吉を誘うマドレーヌ

睦月けい

18335

角川ビーンズ文庫

王子様の抱き枕

不吉を誘うマドレーヌ

Sweet Dreams and Sleepless in Wonderland

睦月けい

Kei Mutsuki

人物紹介
物語の舞台
クウェンティン国
レーガン・クウェンティン
Reagan Quentin
第一王子。重度の不眠症。
原因はありすぎて、不明。
林道茉莉
りんどう・まつり
料理&お菓子作りが好きな
女子高生。大家族の長女。

Barrett Constans
宮廷魔術師。稀代の天才だが、
レーガン様史上主義。
Teu Fel
メイド兼隠密兵。愛くるしい
見た目とは裏腹に……。

Characters

Sweet Dreams and Sleepless in Wonderland

口絵・本文イラスト／ユウノ

プロローグ
Prologue

「茉莉《まつり》おねえちゃん、あのね、あした、あれたべたい。かいがらのおかし。ま……まどれーぬ？」

可愛《かわい》い妹に、まだ幼さの抜《ぬ》けない柔《やわ》らかそうな頰《ほお》を桃《もも》色に染めて〝お願い〟されてしまったら、当然マドレーヌの十個や百個作ってしまうだろう。たとえ時刻が就寝《しゅうしん》直前の真夜中であっても。


「……ふあ」

堪《こら》える間もなく欠伸《あくび》がこぼれ落ちた。慌《あわ》てて手で口を隠《かく》し、気づかれていないか密《ひそ》かに教室を見渡《みわた》す。幸い先生は黒板に数式を書き込むのに集中しており私の欠伸には気づかなかったようだ。隣《となり》の席の友人は妙《みょう》ににやつきながら私を見てきたが、それ以外の同級生は皆《みな》黒板の方を注視している。

安堵《あんど》と同時にまたしても欠伸が出てきそうになったが、顔を引き締《し》めて何とか堪える。

どう考えても昨夜の夜更《よふ》かしが響《ひび》いている。普段遠慮《ふだんえんりょ》がちな妹の珍《めずら》しい我が儘《まま》に舞い上がり、調子に乗って深夜までマドレーヌを量産し続けたのだ。

あれだけ大量に焼けば家族全員に十分行き渡《わた》るだろう。妹――百日《ももか》は我が家の一員にしては珍しく小食だが、父、母、祖父に加え兄一人に弟三人は皆大食《おおぐ》らいばかりだ。気をつけなければ百日がマドレーヌを堪能《たんのう》する前に食べ尽《つ》くされる。

家族が朝起きてきた時、食卓《しょくたく》の上に出来たマドレーヌの山と台所に充満《じゅうまん》する甘い焼《や》き菓子《がし》の香《かお》りを前にして流石《さすが》に度肝《どぎも》を抜かれたらしい反応は愉快《ゆかい》だった。特に百日は大喜びして、朝食後に少し食べた後「帰ってきたら食べるから絶対残しておいてね！」と大食らいの家族に釘《くぎ》を刺《さ》して登校していった。最近また喘息《ぜんそく》の発作《ほっさ》を起こして落ち込んでいたから、あんなに明るくて元気な姿は久しぶりだ。あの笑顔《えがお》だけでも苦労した甲斐《かい》がある。

温かな気持ちが心を満たす。押しのけたはずの睡魔《すいま》がまたも這《は》い寄ってきたらしく、手で隠しながらこっそり欠伸をする。教室の中はチョークが走る規則的な音と教科書を捲《めく》る音で満たされている。

眠気《ねむけ》を誘《さそ》う雰囲気《ふんいき》に、どんどん目蓋《まぶた》が重たくなってきた。かくかくと傾《かし》ぐ重たい頭を支えるため、頬杖《ほおづえ》をつく。

これは駄目《だめ》だ。寝《ね》てしまう。やらないよりはマシだと、教科書をたてて教師の目を誤魔化《ごまか》そうと試みる。一度居眠《いねむ》りを決意してしまうと、睡魔に負けるまでは早かった。目蓋は糊《のり》で貼《は》り付けたように開かなくなり、呆気《あっけ》なく意識を手放した。

……ごくごくありふれた日の、ごくごくありふれた居眠りだ。そのはず、だった。

美しく磨《みが》かれた白い壁《かべ》と床《ゆか》が、据《す》え置かれた明かりを受け薄暗《うすぐら》い中で冷ややかな光を帯びている。明かりを辿《たど》り通路を進むのは、青ざめた顔の青年と鎧《よろい》を身に纏《まと》う騎士《きし》二人だ。通路の先にある扉《とびら》の前には別の騎士が二人見張りに立っていた。彼らは青年の姿を見るなり敬礼をし、一歩退いた。彼らに替《か》わって青年に付き従っていた騎士が扉の両側へ立つ。騎士達を横目に青年は扉の取っ手を掴《つか》んだ。

開いた扉の僅《わず》かな隙間《すきま》から濃厚《のうこう》な甘ったるい香りが押し寄せ、青年は眉《まゆ》を顰《ひそ》めた。もう何度も試《ため》し、その度《たび》に効果の無さを痛感した安眠の香の匂《にお》いだ。いっそ恨《うら》めしくさえ思う匂いに胃がきりりと痛んだ。青年はなるべく浅く呼吸をしながら己《おのれ》の寝台《しんだい》へ真っ直《す》ぐ足を進め、不意に立ち止まった。

女がいた。

寝台の持ち主を差し置いて、安らかな寝《ね》息《いき》をたてている。

青年は眉間《みけん》を押さえ、小さな呻《うめ》き声をあげた。先程《さきほど》の部屋を見張っていた騎士達は一体何を見ていたのか。――安眠の香《こう》に、女。一体何処《どこ》の誰《だれ》の思惑《おもわく》かは知らないが、青年の長年にわたる悩《なや》みを利用して自らの株を上げようとしているのはまず間違《まちが》いない。

安眠の香。薬。民間療法《りょうほう》。考えつく限りの全《すべ》てを試してもまだ安らかに眠《ねむ》ることが出来ない青年の苦悩《くのう》も、他人にしてみれば成り上がるために利用出来る〝隙《すき》〟でしかない。

込み上げる憤《いきどお》りのまま、青年は眠る女の元へ向かう。衛兵に突《つ》き出し、女を寝室《しんしつ》へ向かわせた〝野心ある誰か〟諸共《もろとも》警備を破った罪で罰《ばっ》するつもりだった。

寝台の側《そば》に置かれた明かりが照らす女は、夜の空より尚《なお》暗い髪《かみ》に純朴《じゅんぼく》そうな顔立ちをしていた。青年の煮《に》えくりかえるような怒《いか》りも知らず無防備な寝顔《ねがお》を晒《さら》している。それは、彼がいくら望んでも手に入らないものだ。

怒りを通《とお》り越《こ》して憎《にく》しみすら抱《いだ》きながら、女が纏っている奇怪《きかい》な衣装の襟首《えりくび》へ手を伸《の》ばした――瞬間《しゅんかん》、甘ったるい安眠の香に混じる微《かす》かな〝匂い〟に青年の動きが止まった。彼は手を女の襟首ではなく彼女の頭の横へつく。そっと顔を近づけると女から安眠の香とは違《ちが》う匂いがした。作り物めいた過剰《かじょう》なものではない、自然な甘い香りが。

気づけば怒《おこ》ることも忘れていた。花ではない。香水《こうすい》でもない。しかし何よりも芳《かんば》しく鼻をくすぐる。――何故《なぜ》か、覚えがある、ような。

疑問は澱《よど》む思考の中に溶《と》けて消え、ぷつりと途切《とぎ》れた。

その感覚を人は〝睡魔〟と呼ぶのだと、思い至る間もなかった。

一章

Chapter 1

ぱちりと目が覚めた。目に入ったのは机でも黒板でもなく、真っ白なシーツの海だった。

「……、うん？　学校……あれ？」

ぼやける目を擦《こす》りつつ、首を捻《ひね》る。

学校に登校して教室で居眠りをしていたつもりだったが、あれは夢か。どうやら今はまだ朝で、私は家にいるらしい。

こうしてはいられない。家族の朝食と弁当を作る手伝いをしないと母の出勤が遅《おく》れてしまう。たとえマドレーヌを沢山《たくさん》焼いていて就寝したのが深夜だったとしても、まだまだ眠り足らずとも、私なら出来る。まとわりつく甘い微睡《まどろ》みに負けず、すぐに起きて行動を始められる……！

自己暗示を繰《く》り返し、重たい体を起こす。と、体の上から何か重量のあるものがぼたりと落ちた。何気なく視線を落とすとそれはやけに白い腕《うで》だった。筋肉の付き方や骨ばった手を見る限り男性のものだ。

寝不足《ねぶそく》でぼんやりする頭を押さえながらため息を零《こぼ》す。何故兄が人の布団《ふとん》に入っているんだろう。寝ぼけて部屋を間違《まちが》えたか、それとも人恋《ひとこい》しくなって潜《もぐ》り込んできたのか。まあいい、兄よりもまず気にしなければならないことは山程ある。

軽く流し布団を這い出ようとして、ふと気がついた。見下ろした自分の体は、見紛《みまが》うことなく学校の制服を纏っていた。

恐《おそ》る恐る周囲を見回す。二人並んで眠っていても広々としている大きな天蓋《てんがい》付きベッド。映画の中か美術館でしか見たことのないような、華《はな》やかな装飾《そうしょく》が施《ほどこ》された調度品の数々。生活感が一切《いっさい》感じられない、全てが完璧《かんぺき》な状態で保たれた室内。

ここは、何処だ？

「……あー。なるほど夢か。考えてみればそうだよね、夢に決まってるよね、ははは」

身の丈《たけ》に合わない場所にいる居心地《いごこち》の悪さまで感じるとは、凄《すさ》まじく現実感の高い夢だ。

引きつった笑いを浮《う》かべる私の目の端《はし》に先程の〝腕〟が引っかかった。兄と思い気にも留めなかった〝それ〟も、今は嫌《いや》な予感を加速させる恐ろしい物体に映る。視線は白い指先から徐々《じょじょ》に上の方へ向かう。

しっかりした肩《かた》の線。悩ましげな首筋。彫刻《ちょうこく》を思わせる美しい顔の輪郭《りんかく》に、濃《こ》い群青《ぐんじょう》色の髪。見知らぬ美青年は不意に眉を寄せ、何かを探すように腕を敷布《しきふ》の上に這わせる。

繊細《せんさい》な指先が私の手に触《ふ》れた瞬間、体つきに似合わない力強さで引き寄せられた。白い腕が腰《こし》に回る。生々しい感覚に背筋が粟立《あわだ》った。そっと開かれた紫《むらさき》の瞳《ひとみ》が私を捉《とら》えたその瞬間、〝夢だから〟で誤魔化し続けていた衝撃《しょうげき》がとうとう振《ふ》り切れ――、

「……っへ、変質者ああああああああああああああああっ‼」

人生の中で最大音量の悲鳴が迸《ほとばし》った。

青年は身を引いて両手で耳を押さえ、顔を歪《ゆが》めた。腰から手が離《はな》れたのを狙《ねら》って寝台から飛び出したが、寝台の下に緩《ゆる》い階段があることに気づけず、段差に足を取られ転がり落ちた。顔を強《したた》かに打ち付け、しばらく声もあげられず蹲《うずくま》る。

顔の痛みでも夢は覚めず、それどころか更《さら》に悪化し始めた。部屋の扉が勢いよく開かれ、何体もの鎧兜《よろいかぶと》ががしゃがしゃと金属音を響《ひび》かせ押し寄せてくる。彼らは迷いなく私を包囲し、鋭《するど》い剣先《けんさき》を向けた。

鎧兜という時代錯誤《さくご》な装備にも驚《おどろ》いたが、娘《むすめ》一人にこの警戒《けいかい》ぶりは何なのかと言葉を失う。

と、鎧兜達の後ろからもう一人現れた。青みがかった長い銀髪《ぎんぱつ》を一つに括《くく》って後ろへ流し、見慣れない紋様《もんよう》を刺繡《ししゅう》した美しい外套《がいとう》を羽織っている。表情は明らかに不安と緊張《きんちょう》を帯びている。彼は寝台の上の青年を見るなり安堵《あんど》のため息を零し、早足で駆《か》け寄って何事か話しかけた。

「×××！　××××、××××」

「××××。××××、×××」

……何語を話しているのか全くわからない。聞き取り能力に自信があるわけではないが、単語一つ聞き取れないのは流石《さすが》におかしい。痛む顔面を撫《な》でさすりながら思わず首を傾《かし》げると、周囲の鎧兜達が一斉《いっせい》に剣先を更にこちらに近づけた。反射的に両手をあげ、降参の姿勢を取る。

青年達の会話が途切れ、二人の視線がこちらへ向けられた。長い銀髪の男性は険しい面持《おもも》ちで私に近づき、座り込む私を見下ろす姿勢のまま言葉をかけた。

「×××××」

「……すみません。わかりません」

「×××？　××××××」

「に、日本語じゃ駄目《だめ》か……。そーりー！　あいどんとあんだーすたんど、ゆあらんげーじ！」

なけなしの英語知識を総動員させて言う。世界共通語の英語ならば辛《かろ》うじて通じる可能性はあるかと思ったが、しかしやはり男性には理解出来なかったようで眉《まゆ》を顰《ひそ》められてしまった。あからさまに不審《ふしん》者を見る眼差《まなざ》しだ。

しばらく男性の一方的な言葉は続いた。混乱が治まってくると、男性が言葉を切る度《たび》に少しずつ言葉の抑揚《よくよう》や発音の癖《くせ》を変化させていると気づいた。もしかして私に解《わか》る言語を探しているのだろうか。しかしだからといって鎧兜達に包囲され剣《けん》を突きつけられ、更に不審そうに見下ろされているこの状況《じょうきょう》で、不安が解《ほぐ》れるはずもない。

それどころか段々苛立《いらだ》ちが募《つの》ってきた。こんな小娘《こむすめ》一人に何が出来るというのか。寧《むし》ろ彼らの方こそ銃刀法違反者《じゅうとうほういはん》だ。下手《へた》をしたら変質者、誘拐《ゆうかい》犯の可能性だってある。そうだ、いくら寝相《ねぞう》が悪いからといって外国まで転がってくるはずがない。何者かの介入《かいにゅう》がなければありえない！

やがて目の前の男性は諦《あきら》めのため息をつき、外套のポケットからメモ帳とペンらしき物を取り出した。しばらくペンを走らせ丁寧《ていねい》に紙を破る。そこで初めて膝《ひざ》を折って私と視線を合わせてきた。少し怯《ひる》んで体を引くが、男性はお構いなしに私の右手を取って掌《てのひら》に先程《さきほど》の紙を押しつけた。

瞬間《しゅんかん》、掌に鋭い痛みが走った。

「い――……っ⁉」

脈絡《みゃくらく》のない突然《とつぜん》の激痛に体が跳《は》ねる。男性の手から腕を引き抜《ぬ》くと、いつの間にか掌には奇《き》怪《かい》な模様が焼き付いていた。魔法陣《まほうじん》、なんてゲームじみた単語が頭を過《よぎ》る。

男性は再び私の手の方へ指先を伸《の》ばしてきた。しかし二度も痛い思いをしたくない私は咄嗟《とっさ》に男性の手を払《はら》う。掌に男性の指先があたったほんの一瞬、〝異変〟は起こった。

――この痴女《ちじょ》、絞首刑《こうしゅけい》になりたいのか！

心底忌々《いまいま》しげな怒声《どせい》が、頭の中で響く。

突然の衝撃的な台詞《せりふ》に凍《こお》り付く。男性は苛立たしげに私の手を引き寄せ、今度はしっかりと握《にぎ》りしめた。

――聞こえますか。その反応ならば間違《まちが》いなく聞こえているのでしょうけれど。

――う、うわ、気持ち悪い！　頭の中で他人の声が！　そして何故《なぜ》か殺意を感じる！

――そうでしょうね、私は貴女《あなた》に殺意を覚えていますからこの痴女め。とりあえず、簡単にこの魔術《まじゅつ》の説明をさせていただきます。

〝魔術〟。いよいよゲームめいてきた。夢なら早く覚めて欲しい、朝食に間に合わない。苛立ち混じりの言葉は目の前の男性にも伝わったらしく、私より更にあからさまに苛立たしそうな表情を浮かべた。

――貴女は私の知る言語全《すべ》てに通じていないようなので、触れ合うことで直接言葉をやり取りする魔法《まほう》円を刻ませていただきました。まあ当然隠《かく》すべき感情や言葉も混じることがままありますのでご了承《りょうしょう》を。

――〝まままある〟どころじゃない明け透《す》けっぷりなんですが。何ですか痴女って。

――痴女でなければ暗殺者ですか？　王子の寝室《しんしつ》に忍《しの》び込んでおいてふてぶてしい。

――王子の寝室？

男性の肩越《かたご》しに寝台《しんだい》の方を見やる。見目麗《みめうるわ》しい青年はいつの間にか先程の軽装から着替《きが》えていた。装飾を最小限に抑《おさ》えた品のある雰囲気《ふんいき》の服で、目の前の男性の纏《まと》う外套と同じくやはり何処《どこ》か異国めいている。

鎧兜、剣、魔術、王子。周囲の様子を見る限り、どうやら異質なのは私の方らしい。何時《いつ》まで待っても夢が途切《とぎ》れる気配はなく、それどころか寝起《ねお》きの頭が覚めるにつれて感覚が鮮明《せんめい》になってゆく。夢じゃない。勿論寝《もちろんね》相《ぞう》が悪かったせいではない。誘拐……でもない。素面《しらふ》で魔術だ魔法円だと言えるような世界、私は知らない。

ということはつまり、これはアレだ。

「い……異世界トリップ……!?」

いやいやまさかそんな。無い無い。夢だと言われた方がまだ納得《なっとく》出来る。ゆるく頭を振るけれど一度湧《わ》いて出た考えを振り払うことは出来ず、恐る恐る目の前の男性の顔を見上げる。

――あの。世界が危機に瀕《ひん》していたり魔王《まおう》を倒《たお》す勇者を探していたりで私を召喚《しょうかん》したとか言い出しませんよね？

――は？

――やめてくださいよそういう白けた反応！　こんなこと聞いて一番恥《は》ずかしいのは誰《だれ》だと思ってるんですか！　も、もういいです忘れてください！　それよりここは何処ですか、貴方《あなた》誰ですか、何で私ここにいるんですか!?

身悶《みもだ》えしたくなる羞恥心《しゅうちしん》を誤魔化《ごまか》すように、一気に疑問をぶつける。目の前の男性は頭の中で響くわめき声に耳を押さえながら、ため息を吐《は》き出した。

──ここはクウェンティン国王城、第一王子レーガン殿下《でんか》の寝室です。私は宮廷魔術師《きゅうていまじゅつし》を務めるバレット・コンスタンス。貴女が何故ここにいるのかは私の方がお聞かせ願いたい。貴女は何処の痴女です？　どうやって衛兵達の警備を破ったのですか。

──痴女は確定ですか失礼な！　私は目が覚めたらこの部屋にいただけです、というより、こういうのは召喚が王道でしょう？　宮廷魔術師なんて凄《すご》そうな肩書《かたが》きをお持ちなら貴方が解決してください、コン……なんとかさん！

──バレット・コンスタンスです。召喚であるはずがないでしょう。そんな高度な技術が原因と仰《おっしゃ》るとは、随分《ずいぶん》自分を高く見ていらっしゃるようですね痴女のくせに。

度重なる痴女呼ばわりにふつふつと怒《いか》りが積み上がってゆく。王子の寝室に入り込んだ見知らぬ女など確かに不審者以外の何物でもない。だが私は本当に何も知らないのだ。ここにいる理由も、原因も。それが嘘《うそ》でないことは魔法円を通して目の前のコンなんとかさんにも伝わっているはずなのに、何故同じ質問を繰《く》り返すのかわからない。それともあれか。自分の魔法円に自信がないのか。

そう考えた直後、コンなんとかさんの目が鋭く細められた。次いで自分のものではない殺意が込み上げる。……とりあえず私の考えは正常に伝わっているらしい。

──貴女はご自分が異世界から召喚された人間だと言いたいのでしょうけれど、この部屋には魔術の痕跡一つ残っていません。召喚は高度な魔術で様々な準備が必要です。つまり、召喚は決してありえません。嘘を言うなら偽装《ぎそう》の努力くらいすべきでしたね。

――知りませんよ魔術の常識なんか！　ありえないと言いたいのは私の方です！　魔術？　クウェンティン？　王子様の寝室？　教室で居眠《いねむ》りしていただけなのに何の冗談《じょうだん》ですかこれは！　夢なら覚めろ！　長いにも程がある！

――ええい喧《やかま》しい！　喚《わめ》くな痴女！

――煩《うるさ》い総若白髪《わかしらが》！

手だけはしっかり繋《つな》いだまま互《たが》いに凶悪《きょうあく》な顔で睨《にら》み合う。

と、不意に二人の間に影《かげ》が差した。睨み合いをやめて顔を上向けると、そこにはコンなんかさん――もう面倒《めんどう》だ、コンさんと呼ぼう――コンさん曰《いわ》く〝王子様〟が佇《たたず》んでいた。彼は鎧《よろい》兜《かぶと》達が制止するのも無視して私の前までやってくると、何の躊躇《ためら》いもなくコンさんの隣《となり》に跪《ひざまず》いた。

周囲の動揺《どうよう》など意に介《かい》さず、彼は紫《むらさき》の瞳《ひとみ》でじっと私を見つめた。宝石を埋《う》め込んだような瞳の煌《きら》めきも、一点の曇《くも》りもない白磁の肌《はだ》も、完璧《かんぺき》な造作の顔立ちも、私にはどうにも刺激《しげき》が強すぎるようで背中に妙《みょう》な汗《あせ》が滲《にじ》み出す。硬直《こうちょく》している間に彼はコンさんの手の中から私の手を抜き取り、しっかりと握りしめた。

――異世界から来たそうだな。

――！　そ、そうです！　コンさんは魔術の痕跡が無いから絶対にありえないと言っていますが、本当に見当たらないんですか？　痴女と決めつけて探し損《そこ》ねてたりしませんか⁉　もう痴女でも何でもいい、とにかく自分の知る平和な世界に送り返して欲しい。切実な思いで訴《うった》えると、王子様は「今すぐには無理だがバレットに調べさせよう」と答えた。まともに話を聞いて取り合ってくれる人が現れ、ほっと胸を撫《な》で下ろした。

王子様はふと目を細め、「やはり甘い匂《にお》いがする」と独り言のような思考を漏《も》らした。

——昨夜はマドレーヌ……焼《や》き菓子《がし》を作っていたので、その匂いかと。

——なるほど。菓子の匂いか。……皮肉な話だ。

整った唇《くちびる》を歪《ゆが》め、彼は嗤《わら》った。煌めく瞳が暗く陰《かげ》り、酷《ひど》く陰鬱《いんうつ》な感情が魔法円を通してこちらに流れてくる。それもすぐに途切れ、彼は再び私を真っ直《す》ぐに見据《みす》えた。

——お前の望み通り、お前の世界についてはバレットに調べさせる。身の安全も保証する。

だが一つ、条件がある。

握られた手から、何が何でも聞いてもらうという鬼気迫《ききせま》る思いが伝わり眉《まゆ》を顰《ひそ》めた。私は傍目《はため》から見て不審者《ふしん》だ。無条件に優《やさ》しくされるよりは、何か条件を提示された方が素直《すなお》に信じられる。しかしこの切実なまでの心は何だ。一体私に何を要求するつもりなのだろう。無言で続きを促《うなが》すと、目の前の男ははっきりと言い放った。

——帰るまでの間、俺と寝ろ。

何かとんでもない言葉が聞こえた気がする。しかし何時までたっても訂正《ていせい》の言葉はない。無意識のうちに潜《ひそ》めていた息をゆっくりと吐き出し、新しい空気を吸い込み——滞《とどこお》っていた感情が一気に破裂《はれつ》した。

——やけに話がわかると思ったらどいつもこいつも痴女扱《ちじょあつか》いか！　ええい冗談じゃない、親に貰《もら》ったこの体、粗末《そまつ》に扱う気はさらさら無い！　触《さわ》るな不潔——っ！

王子様改め変質者が摑《つか》む手を思い切り振《ふ》り払《はら》おうとするが、彼はため息を一つ吐き出して強くこちらの手を引き寄せた。翻訳《ほんやく》の魔法円のみならず表情からも明確な呆《あき》れが伝わってくる。

——そういうつもりで言ったわけじゃない。俺が欲しいのは〝眠り〟だ。

——は？

——何時ぶりだろうな、ああも深く眠れたのは。清々《すがすが》しい気分だ。

彼の恍惚《こうこつ》とした眼差《まなざ》しは目の前の私を突《つ》き抜《ぬ》け、遥か遠く魅力《みりょく》的な眠りの世界に向けられている。

不眠症《ふみんしょう》、という言葉が頭を過る。眠れた。ただそれだけでここまで感激している様子から長い間安眠《あんみん》出来ていなかったのは嘘ではないのだろう。

そして、どうやら彼は私がいたお陰で眠れたと思っているらしい。けれど不眠症が一緒《いっしょ》に眠る人間で劇的に治るようなものではないことくらい、知識の浅い私でさえわかる。原因は私ではなく、昼間の間に何か……長年の憂《うれ》いが晴れる出来事があったのではないか。

と、考えた内容は全て向こうにも聞こえていたようで、彼は首を横に振った。

——いつもと変わらない日だった。ただ一つ、お前がいたことを除けば。

——は、はあ。かといって私だって、貴方が眠れるような〝何か〟をした覚えはありません
が……？

——原因を探すのは〝眠れた理由はお前ではない〟となった時でいい。そうでないなら……

お前が眠りを呼び込むのなら、ここにいる間俺に眠りを提供して欲しいだけだ。

はっきりとした答えに、爆《は》ぜた怒りが鎮静《ちんせい》する。同時に理解した。目の前の青年は私を〝安らかな眠りをもたらす画期的な代物《しろもの》〟だと考えている。私自身など全く眼中にない様子に、肩《かた》すかしを食った。

……あちらの言い分はよくわかった。不眠症で、眠れる可能性があるなら藁《わら》にも縋《すが》りたい思いなのだろう。だがしかしいくら不埒《ふらち》な真似《まね》をしないと言われても、家族でも友達でもまして恋人《こいびと》でもない男女が一緒に眠るなど言語道断、破廉恥《はれんち》極《きわ》まる。

周囲を見回すと、コンさんが注意深い冷ややかな目で私の一挙一動を凝視《ぎょうし》していた。顔を覆《おお》う防具で隠《かく》れているが、鎧兜達も同じ目をしているのだろう。

今この場で私の話に真面目《まじめ》に取り合ってくれているのは唯一《ゆいいつねむ》眠りに固執《こしゅう》する王子様だけ。彼の言う条件を呑《の》まないと、私はどうなるだろうか？　王子の寝室《しんしつ》に侵入《しんにゅう》した虚言癖《きょげんへき》の痴女《ちじょ》とし

て牢獄《ろうごく》に放り込まれ処刑《しょけい》される未来しか見えない。

この場を生き延びるため、長い夢から覚めるため、元の世界へ戻《もど》るため、衣食住の保証のため。理由を並び立てて言い聞かせ、喉元《のどもと》まで込み上げてきている躊躇いをぐっと飲み込んだ。

――わかりました。よろしくお願いします。

少しでも邪《よこしま》なことをしようものなら指を切り落としてやる。表に出すつもりのない覚悟《かくご》はやはり筒抜《つつぬ》けだったらしく、彼は「指のついでに首もくれてやる」とあっさり言い放った。そこまで疚《やま》しさを否定されると微妙《びみょう》に複雑な気分になる。

彼は顔をコンさんの方へ向け、私の部屋の手配と異世界へ帰還《きかん》する術《すべ》を調べるよう命じた。コンさんはみるみるうちに青ざめ「痴女の言い分を信じるおつもりですか」などと言い、思いとどまらせようと説得を始めた。勿論《もちろん》彼らの使う言語は私にはさっぱりわからないが、手を繋いでいれば感情を通じて何となく会話の内容が掴める。

――真実か偽《いつわ》りかはどうでもいい。痴女でも暗殺者でも構わない。俺は昨夜、夢も見ずに眠った。俺にとってはそれが全《すべ》てだ。

王子様が苛立《いらだ》たしげに言い放った途端《とたん》、コンさんが驚愕《きょうがく》の面持《おもも》ちでこちらを見やった。次いで「何を用いて与《あた》えた眠りか知れたものではありません」といった旨《むね》の発言をした、らしい。鋭《するど》い眼光に負けじと睨み返す。

しばらく睨み合った後、コンさんの視線は再び王子様へと戻る。頑《かたく》なな表情をしばらく見つめ、やがて眉を顰めたままいかにも渋々《しぶしぶ》といった声色《こわいろ》で何事かを口にした。手から伝わる言葉の内容は「部屋に案内します」というものだ。……ついていって大丈夫《だいじょうぶ》だろうか。彼からは翻訳の必要が無い程《ほど》あからさまに不信感と憤《いきどお》りが滲み出ている。部屋ではなく処刑台へ案内されかねない。

——安心しろ。俺が許可しない限りそれはない。不安ならこの寝室に常駐《じょうちゅう》していても構わないが？

と、事も無げに王子様が言う。その発言、警戒心《けいかいしん》たっぷりの宮廷魔術師《きゅうていまじゅつし》には決して聞かせないで欲しい。

——いえ。寝室常駐は遠慮《えんりょ》したいです切実に。……そうだ。自己紹介《しょうかい》を忘れてました。私、林道《りんどう》茉莉といいます。こっちならマツリ・リンドウと名乗った方が正しいでしょうかね？

——……。ああ。そうか。お前の名前か。

名前があったのか、などという失礼な呟《つぶや》きがはっきりと聞き取れた。……降って湧《わ》いた安眠導入具に名前があるとは考えもしていなかったようだ。思わず唇が引きつった。右を向けば痴女扱い、左を向けば物扱い。どちらを向いても碌《ろく》でもない。

王子――レーガン様に見送られ寝室を出た後、周囲を鎧兜《よろいかぶと》に囲まれながら朝の日差しが差し込む城の通路を歩いてゆく。日本の城なら観光で何度か見たけれど、洋風の城を自分の目で見たり中を歩いたりするのは初めてだ。

広々とした通路は床《ゆか》も壁《かべ》も真っ白な石で作られており、ともすれば顔が映る程徹底《てってい》的に磨《みが》き抜かれている。歩みを止めないまま窓の外を見れば、通路と同じ白い石で造られた巨大《きょだい》な城の一部がちらちらと映る。陽光を受けて光輝《かがや》く様は建築に興味のない人間でさえ息を呑む壮麗《そうれい》さが漂《ただよ》う。

……立て続けに起こる信じがたい出来事に、そっと自分の頬《ほお》を抓《つね》る。痛みはあれどやはり夢は覚めてくれない。

今頃《いまごろ》家はどうなっているだろう。帰る方法を探すため衣食住のためとはいえ、嫁入《よめい》り前の娘《むすめ》が身内でもない男性と一緒に眠るなど両親が聞いたら卒倒《そっとう》するかもしれない。

眠るといえば妹は……百日はどうしただろう。昨日は調子も良さそうで喘息《ぜんそく》の発作《ほっさ》も最近起こっていないから安心していたが、こんな風に手の届かない場所へ来てしまうとどうしても要《い》らぬ不安をかき立てられる。

「あああもう私の馬鹿《ばか》、マドレーヌなんか二度と焼かない……いや待てあれが原因ならもう一度大量に製作してみれば案外帰還出来るのかも？……そんなわけないか。あれが原因なら今頃マドレーヌは製作厳禁の危険菓子《がし》に指定されてるわ」

「……××××？」

ぶつぶつ呟く姿が異様だったのか、それまで列の先頭に立って歩いていたコンさんが訝《いぶか》しげに振り返り何かを言った。手を繋《つな》いでいないので何を言っているのかさっぱりわからず、とりあえず首を横に振り「なんでもない」と仕草で訴《うった》える。コンさんは冷ややかな目でこちらを睨《にら》み、再び顔を進路へ向けた。……言葉はわからずとも敵意は十分察せられるものだと初めて知った。

やがてコンさんが一つの扉《とびら》の前で足を止めた。中へ入ると、そこは王子の寝室に比べれば何倍も狭《せま》いが私の家の部屋に比べれば二倍以上の広さがある、明らかに地位ある客人をもてなすための部屋だった。何かの間《ま》違《ちが》いじゃないのかとコンさんの様子を窺《うかが》うと、私より尚納得《なおなっとく》がいかない顔をしていた。

と、後ろから扉を叩《たた》く軽快な音が響《ひび》いた。振り返ると、扉を開き可愛《かわい》らしい容貌《ようぼう》の少女が入ってくるところだった。服装は働きやすさを考えたつくりをしていて、レーガン様やコンさんのような目を見張る装飾《そうしょく》は無い。陶器《とうき》の人形のような白い肌《はだ》に、少し癖《くせ》のある色素の薄《うす》い髪《かみ》が柔《やわ》らかそうに靡《なび》く。年齢《ねんれい》こそ違《ちが》えど、外見から感じるふんわりした雰囲気《ふんいき》が妹に何となく似ていて、またしても自分の家が今頃どうなっているかを考えずにはいられなくなった。
少女は私を不思議そうに見やりながら、コンさんと口早に会話をし始めた。しばらく後でコンさんは嫌《いや》そうに私の手を取り、少女を指し示して言った。

——彼女は貴女《あなた》の世話係もとい監視役《かんし》のメイドのトイ・フェルです。お見知りおきを。

——へぇトイちゃんっていうんだ可愛い……、……監視役？

言葉の意味を問う前に紹介された少女は軽《かろ》やかな足取りで私に近づき、コンさんの手から私の手を受け取りしっかりと両手で摑《つか》んだ。華奢《きゃしゃ》な割りに力が強い。頰をバラ色に染め、甘い笑《え》みを浮《う》かべる。つられてこちらまで笑みが浮かぶが、きっと彼女と違って締《し》まりのないとろけた顔になっていただろう。繋いだ手から可愛らしい声が響いてきた。

——初めまして、私はトイ・フェルです。レーガン様の寝台《しんだい》に侵入した痴女というのは貴女ですねふしだらな。こちらの言葉にも不自由されていらっしゃるとか何処《どこ》の馬の骨だ。

何かお困りのことがありましたらどうぞ遠慮無く私に申しつけてくださいまし誠心誠意お世話させていただくというのは建前で、一挙一動見逃《みのが》さず何かあれば即座《そくざ》に首搔《か》っ切ってやるから覚悟しておけ。

あれ何か幻聴《げんちょう》が聞こえる。

微笑《ほほえ》むトイちゃんから己《おのれ》の手を抜《ぬ》き取り、隣《となり》に立つコンさんの手を摑む。

——コンさん。魔法《まほう》円の調子が悪いみたいです。天使のようなトイちゃんから思いつく限りの罵詈雑言《ばりぞうごん》が聞こえてきます。

――気安い呼び方はやめてください。私はバレット・コンスタンスです。……トイから罵詈雑言、ですか。ほう。彼女は武術に長《た》けていますから、行動には精々気をつけた方がいいですね。

そこで彼は初めて私に魅力《みりょく》的な微笑みを投げかけた。握《にぎ》る手から伝わる牽制《けんせい》の意に、魔法円は故障したわけではないのだとようやく気がついた。

鎧兜達とコンさんが部屋を去ってしばらく経《た》つと、部屋に朝食が届けられた。トイ――〝ちゃん〟をつけて呼べないくらい物騒《ぶっそう》な子だと理解した――はメイドらしい機敏《きびん》な動作で料理を机に並べてゆく。こんがり焼けた黒パンに彩《いろど》り鮮《あざ》やかなサラダ、程よく焼き目のついた薄切《うすぎ》りの肉と、豆がたっぷり入ったスープ。湯気のたつ澄《す》んだ色のお茶。

全て出揃《でそろ》うとトイが一礼をして一歩後ろへ下がった。丁寧《ていねい》な仕草だが、柔らかい微笑みを浮かべているが、腹の中でどんな罵詈雑言が乱舞《らんぶ》しているのかと思うと恐《おそ》ろしくて仕方がない。

多少警戒《けいかい》しながら手を合わせ、恐る恐る食事を始める。調理法自体は煮《に》たり焼いたりしたものだろうと想像がつくのだが、材料やその味わいや調味料はどれも私が知るものと違っていた。

特にパンは歯が折れそうな程硬《かた》い。仕方なくナイフで小さく切り分け、少しずつ口に運ぶ。噛《か》んでいると徐々《じょじょ》に味が出てくるので意外に美味《おい》しい。

ひたすら黙々《もくもく》と咀嚼《そしゃく》しているうち、黙《だま》って食事を見ていたトイが口を開いた。

「×××。××××、×××××」

「ん？」

口の中にあるパンを飲み込んでから「何？」と問い返す。彼女は天使の笑顔で歩み寄り、私の手を取った。

——そのパンはスープに浸《ひた》して食べる物ですよ。異世界の人間気取りがお上手ですね流石痴《さすがち》女《じょ》。

——……。よくその笑顔でそんな毒舌吐《どくぜつは》けるね。もしかしてコンさんの身内？

——コンさん⁉　まさかコンスタンス様のことではないでしょうね⁉

迸《ほとばし》るコンさんへの敬意を嫌という程感じ、これ以上怒鳴《どな》られる前に早々に手を引き抜いた。

身内ではなく強烈《きょうれつ》な尊敬の念から来る相似《そうじ》らしい。レーガン様を守るという意思までしっかりと引き継《つ》いだ彼女は微笑みに似つかわしくない鋭《するど》い眼光を放ち、言葉通り私の一挙一動を監視していた。

……もしやこの食事、ただの食事ではなくコンさん主導による〝検証〟じゃないのか。食事にしろ生活態度にしろ、この世界の知識があるか否《いな》かで行動は相当変わる。何も知らないふりをしているならば、いずれボロを出す時も来る。

その瞬間《しゅんかん》〝王子の前で偽《いつわ》りを吐いた痴女〟だと糾弾《きゅうだん》する材料を得られる。城に置くと言い張る王子を説得することも出来るだろう。推測が合っているのかいないのか、トイからは〝痴女の化けの皮を剝《は》いでやる〟といった殺気が感じられる気がした。

「……。おのれコンさんめ……！」

歯ぎしりをして今はいない男を呪《のろ》った。

自分の世界に戻《もど》る手段が見つかれば一も二もなく帰るつもりだ、王子の寵愛《ちょうあい》など知ったことじゃない。誰《だれ》が好き好んでこんな面倒《めんどう》くさい状況《じょうきょう》に転がり込むか。

折角《せっかく》の食事を苛立《いらだ》ちで台無しにしたくはない。何度か深呼吸をして気持ちを落ち着かせ、硬い黒パンを千切ってスープに浸した。なるほど確かに、香辛料《こうしんりょう》のきいたスープがパンとよく合っている。

薄切りの肉も綺麗《きれい》に平らげ、最後にお茶を啜《すす》った――途端《とたん》、喉《のど》に強烈な刺激《しげき》が広がり、激しく咳《せ》き込む。口の中一杯《いっぱい》に広がった酸味《さんみ》のある濃《こ》い味に、それがお茶ではなく〝タレ〟ではないかと思いついた。涙目《なみだめ》でトイを見やれば、特に手助けするでもなくじいっと挙動を見つめている。

おのれコンさんめ。

繰《く》り返し呪《のろ》いの言葉を吐き捨て、タレの器《うつわ》を思い切りテーブルに叩きつけた。

朝食の後はコンさんが部屋にやってきた。彼は慎《つつ》ましく壁際《かべぎわ》に控《ひか》えるトイと何事か二言三言交《か》わし、部屋に据《す》え置かれている大きな机の上に紙の束とペンを置いた。顔を顰《しか》めながら差し出された手を、ふつふつと込み上げる憤《いきどお》りのまま握り返す。

——コンさん。トイが世話どころか罠《わな》を仕《し》掛《か》けてくるのは貴方《あなた》の指示ですよね？

——バレット・コンスタンスです。罠も何も〝こちらの世界の料理〟を貴女に提供しているだけですが？　それよりも、レーガン様の命に従い〝貴女の世界〟について調べねばなりませんので説明をしていただけますか。

たっぷりと疑惑《ぎわく》を含《ふく》んだ口ぶりだ。……王子の寝室《しんしつ》に侵入《しんにゅう》した虚言《きよげん》を吐く痴女。何としてでもレーガン様から遠ざけなければ——と、そんな感情が明確に伝わってくる。

魔術《まじゅつ》の痕跡《こんせき》一つ残っていないから、私が異世界から喚《よ》ばれてきたというのは絶対にありえない。そういった、私にはよくわからない〝魔術の常識〟とやらを覆《くつがえ》せる程《ほど》しっかりと自分の世界について説明してゆかなければ、揚《あ》げ足を取られて謂《いわ》れのない罪を背負わされかねない。

……ああもう本当に、誰が好き好んで王子の寝室なんて面倒くさい場所に忍《しの》び込んだりするか。王子をどうこうしようなんて気は全くない。疑うくらいなら早く私を元の世界に戻してくれ。

苛立ちを噛みしめ、すうと息を吸い込む。……今のところレーガン様でさえ〝真実か偽りかはどうでもいい〟と言い放つ、私の大事な世界のことを話すために。

住所。地球の国土。世界の文化。日本の国土や人口、使用する言語。ありとあらゆるものを翻訳魔法円《ほんやくまほう》を介《かい》して語り続けた。コンさんは注意深く耳を傾《かたむ》けて話を記録しているが、それは真面目《まじめ》に受け止めているのではなく綻《ほころ》びを見つけられないかと隙《すき》を窺っているのだ。……魔法円の感情漏洩《ろうえい》効果さえなければ、その真摯《しんし》な態度になんていい人なんだろうと感動していただろうに。

絶え間なく投げかけられる質問に答えてゆくが、案外身近でも知らないことというものは多かった。地球の半径？　空気や土壌《どじょう》の組成の詳細《しょうさい》な数値？　それって本当に帰還《きかん》に必要なこと？　コンさんの狙《ねら》いを考えると曖昧《あいまい》な返答も出来ず、正直に知らないわからないと答えて一旦脇《いったんわき》に置いておく。

その間にトイが二人分の〝液体〟を華奢なカップに注いだ。……朝食の件もあり、あれはもしやお茶に見せかけたタレではないかと疑わしげに見つめる。コンさんは平然とそのカップを手に取り、優雅《ゆうが》な所作で口に含んだ。……どうやら普通《ふつう》のお茶らしいが、しばらく放置しておこう。今はまだ飲む勇気が湧《わ》いてこない。

次なる質問として日本語と世界共通語の英語で自分の名前を書くよう紙とペンを渡《わた》された。馴染《なじ》みのない形のペンのせいか、ペン先が紙に引っかかって酷《ひど》く書きにくい。力余って紙を破かないよう注意しながら平仮名《ひらがな》と片仮名《かたかな》と漢字、そしてローマ字の四種類で自分の名前を書き記す。

無事書き終わってコンさんに渡す。見慣れない文字列を訝《いぶか》しげに見つめる彼に、簡単な説明をする。

――ええっと、上から順に平仮名、片仮名、漢字です。日本語ですね。最後が英語……というよりローマ字ですね。あれ、でもローマ字ってアルファベットで綴《つづ》った日本語のことだったような。厳密には日本語に区分されるんですかね？

――私に聞かないでください。……では次は私の名前を表記してみてください。

――コンさんの本名ってどんなのでしたっけ？

――バレット・コンスタンスです。それから、紙が裏表逆ですよ。

コンさんのしなやかな指先が軽く紙を叩《たた》く。なるほど道理で書きにくかったわけだ。どうせ裏を上にして渡したのもわざとだろう。もし私が紙を正しい向きにして書き出せば、化けの皮を剝ぐいい切っ掛《か》けになる。……やはり朝食のアレはコンさんの差し金だ、間違《まちが》いない。腹いせに、コンさんの名前の漢字を「馬劣吐《バレット》・混酢痰酢《コンスタンス》」にしてやった。我ながら上出来だ。

書き終えた紙をじっと見つめ、コンさんは淡々《たんたん》とした呟《つぶや》きを零《こぼ》した。

――一応、規則性はあるようですね。

――はあ。規則性ですか。名前二つ分書いただけなのに、わかるんですか？

――でなければ書けと要求したりしません。

何だ、案外真面目に考えてくれているのか。感心したのも束《つか》の間、彼はにっこりと笑みを浮《う》かべて答えた。

——それはもう。すぐにでも化けの皮を剝いでレーガン様の安全を確保せねばなりませんから。

——絶対トイの身内ですよね！　笑顔と言葉が一致《いっち》してない！

——身内ではありませんよ。では次にいきましょう。貴方の国の地図を縮図並みの正確さで描《か》いてください。

——描けるかっ！

度々《たびたび》言い合いが勃発《ぼっぱつ》する空気の中、昼食の時間がやってきた。トイが部屋に運び入れテーブルに食事を並べてゆく。……二人分。

昼食は刻んだ香草《こうそう》を纏《まと》わせて焼いた肉に、今朝《けさ》食べたものとは違《ちが》う種類のパン。大きな皿一杯に盛られたサラダ。具が沢山《たくさん》入った白いスープ。一見普通の食卓《しょくたく》だが、またここに罠が仕掛けられている可能性は極《きわ》めて高い。

トイとコンさんに警戒《けいかい》の眼差《まなざ》しを向ける私を尻目《しりめ》に、コンさんは品の良い所作でスープを口に運び始めた。

疑い過ぎだっただろうか。密《ひそ》かにため息を吐き出し、パンに手を伸《の》ばした。焼きたてなのかまだ温かく、香《こう》ばしい香《かお》りがする。感触《かんしょく》は軽くて柔《やわ》らかい。朝と違って歯が折れる心配はしなくてよさそうだ、と考えながら齧《かじ》り付く。途端、ふしゅうと空気の抜《ぬ》ける音がしてパンがしぼんだ。

「……。うわあい期待感までしぼんだわー……何このパン」

パンの中は見事に空洞《くうどう》が出来ていた。道理で軽いわけだ。

ふと向かい側に座る男を見れば、パンを半分に切り分けて中にサラダと肉を詰《つ》めている最中だった。……道理でサラダの量が多かったわけだ。

素知らぬふりで食事を続ける男をじっとりと見つめ、やがて同じように野菜と肉をパンに詰めて齧り付いた。香草の独特な香りがパンと野菜の味を引き立て、とても美味《おい》しかった。

その後も聞き取り調査は続き、日本の環境《かんきょう》、日本語の挨拶《あいさつ》や定型文、文化、等々をひたすら語った。異世界から来たと信じ、帰還の手だてを探すためのものだったなら寧《むし》ろ喜ぶべき熱心さだが、繋《つな》いだ手からレーガン様を案じる思いと敵意や警戒心《けいかいしん》がひしひしと伝わるため、もうただの尋問《じんもん》としか感じられない。

流れで夕食も二人に見張られながら摂《と》ったが、とても食べた気がしなかった。タレだと思って手をつけなかった液体が実はお茶だったという、朝食時とは逆の罠も仕掛けられていた。

やがて私の知る世界と同じく太陽が傾き、夜が訪《おとず》れた。室内のあちこちに据え置かれた照明器具が、暗くなるにつれて電気とは違う柔らかな光を自然に放ち始めた。これも魔術の一種だろうか。

天高く昇《のぼ》る月の光を受け、白い城は青みがかった仄《ほの》明かりを帯びている。疲労困憊《ひろうこんぱい》しきってぼんやりした頭で、特に何をするでもなく呆然《ぼうぜん》と窓から見える異国情緒漂《じょうちょただよ》う幻想《げんそう》的な眺《なが》めを見つめる。側《そば》でコンさんがまだ何か質問しているが、疲労と眠気《ねむけ》でもう何も頭に入ってこない。

「疲《つか》れた……眠《ねむ》い……このまま眠って目が覚めたら元の世界に戻《もど》ってないかな……この世界怖《こわ》い。色々怖い。皆今頃《みないまごろ》何してるかな……心配してるだろうなあ……いや待て、浦島太郎《うらしまたろう》みたいに帰ったら数百年経《た》ってたらどうしよう、ううわあああ嫌《いや》な想像ばっかり思い浮かぶうううう……！」

頭を支配する、今の私にとっては惨《むご》たらしい昔話。心臓を締《し》め付ける悪夢は魔法《まほう》円によって翻訳《ほんやく》されコンさんに伝わる。全く質問の答えになっていない内容にコンさんは眉《まゆ》を顰《ひそ》め、壁際《かべぎわ》に控《ひか》えていたトイは天使のような微笑《ほほえ》みを浮かべて私の方へ言葉をかけた。

「×××？」

「ううっ、トイってばなんて可愛《かわい》い笑顔！　癒《いや》し！　だから手は繋がない、翻訳して欲しくないっ！」

絶対コンさんを蔑《ないがし》ろにした件について文句を言っているに決まってる。言葉の内容がコンさんから伝わってくるのを阻止《そし》するため、手を振《ふ》り払《はら》って代わりに自分の耳に宛《あて》がう。

と、その時扉《とびら》を叩く音が響《ひび》いた。すかさずトイが扉を開くと、通路には鎧兜《よろいかぶと》が二体鎮座《ちんざ》している。

――いや、鎧兜を纏《まと》った衛兵が二人並んで立っていた。彼らが兜の奥からくぐもった声で何かを言うと、応対していたトイと側で聞いていたコンさんが二人揃《そろ》って眉を顰めて私の方を見やる。

やがてトイが重たい足取りでこちらまで来て手を差し出した。漂《ただよ》う殺気に怯《ひる》みつつ、渋々《しぶしぶ》彼女の手を握《にぎ》り返す。

――レーガン様がお待ちになっているそうです。レーガン様に危害を加えるような真似《まね》をしたら八つ裂《ざ》きにしてやる。

――ほらね！　癒しなんかあったもんじゃ……、レーガン様？

……。ああ、そうだった。すっかり忘れていた。

帰還の手だて、衣食住、あらゆる保証と引き替《か》えに、私は不眠症《ふみんしょう》の王子様を寝《ね》かしつけなければならないのだった。

それまで着ていた私の世界の制服を丁寧《ていねい》に畳《たた》み、衣装棚《だな》に仕舞《しま》った。何処《どこ》を向いても異世界情緒《じょうちょ》に溢《あふ》れるこの場所の中で、この制服が漂わせる雰囲気《ふんいき》は酷く異質だ。その異質さが私のいた世界を確かに示すものに思えて、とても心強い。

ため息をついてトイが用意した寝間着《ねまき》に着替《きが》え、その上に分厚い外套《がいとう》を着込む。決意が鈍《にぶ》らないうちに自室を出て、ひんやりとした空気に満ちた夜の通路を進む。

鎧兜二体が先に立ち、次いで私、背後には殺気立つコンさんとトイがいる。広々とした通路に複数人の足音と鎧の擦《す》れる金属音が冷ややかに反響《はんきょう》する。仕組みの解《わか》らない照明器具の光が点々と配置され、白い壁《かべ》や床《ゆか》と相まって幻想的な雰囲気を漂わせている。

ひとまず寝間着が色気より実用性を重視したつくりのものだったことに安堵《あんど》した。口では「そういうことはしない」と言っていても、腹の奥では何を考えているかわかったものじゃない。今日一日でよく理解した。

……まあ、王子様の目的は睡眠《すいみん》であって私など眼中にないようだったが。私は彼にとって人ですらない。言うならば枕《まくら》――そう、抱《だ》き枕か。

鎧兜達は朝方見た大きな扉の前で足を止め、その両側に移動した。何も言わず微動《びどう》だにしないその様はよく出来た置物のようだ。しばらく眺めて現実逃避《とうひ》しているうち、鎧兜の片方が顔を僅《わず》かにこちらへ向けた。

「×××」

「へ？　何？」

反射的に手を伸ばしたが、相手の手は重厚《じゅうこう》な小手に覆《おお》われていた。これでは翻訳のしようがない。眉根《まゆね》を寄せると、相手はため息混じりに目の前の扉を押し開いた。

どうやら「早く部屋に入れ」と言っていたらしい。再び元の立ち位置に戻り沈黙《ちんもく》した鎧兜に会釈《えしゃく》をし、開かれた扉の中へと進んだ。

目の前にある巨大《きょだい》な寝台《しんだい》の上に人の姿はなかった。窓際《まどぎわ》に配置してある椅子《いす》に座って頬杖《ほおづえ》をつき、眉間《みけん》に皺《しわ》を寄せて固く目を閉じている。彼は扉が開くなりこちらへ顔を向けた。

気づくと私の背後にいたトイとコンさんが深々と頭を垂れていた。

コンさんは面《おもて》を上げ、レーガン様へ言葉をかける。切実な、気遣《きづか》わしげな声色《こわいろ》にレーガン様の表情はより険しさを増してゆく。

やがて彼は最後まで耳を傾《かたむ》けることはせず厳しい声で一喝《いっかつ》し、コンさんの言葉を遮《さえぎ》った。静寂《せいじゃく》の後コンさんとトイは再び礼をし、牽制《けんせい》の眼差しを私に向けた後、退室していった。

扉を閉じる音と共に、気まずい沈黙《ちんもく》が訪れる。レーガン様は目元を手で覆いため息を吐《は》き出した後、ゆっくりと椅子から立ち上がった。寝台へ行きその脇《わき》に腰《こし》掛けると、立ち尽《つ》くす私を手招いてくる。苛立《いらだ》ちに昂《たか》ぶる瞳《ひとみ》が闇《やみ》の中で鋭《するど》く瞬《またた》いた。整った顔立ちが醸《かも》し出す言い表しがたい凄《すご》みにごくりと唾《つば》を飲み込んだ。

〝添《そ》い寝だけ〟などと目の前の男は言うが、生憎《あいにく》見知らぬ男性の添い寝をすることを〝だけ〟

などと割り切れる程私は人生経験豊富じゃない。

だが、私がこの世界にいる理由も原因もわからない。元の世界に帰る術《すべ》を探すにしても私一人では太刀打《たちう》ちできない。

無事家族と再会するためには、まずこの世界で生き抜かなければ話にならない。たとえどれだけ抵抗感《ていこうかん》があっても、羞恥心《しゅうちしん》が振り切れそうでも、両親や祖父やきょうだい達に顔向け出来るか危《あや》うい背徳感があっても、私はこの条件を呑《の》まねばならない。

そう言い聞かせて自分に暗示をかけ、後退《あとずさ》りしたがる足を一歩前へ進めた。

寝台の側まで来ると不意に微《かす》かな甘い香りがした。思えば今日一日甘い物を口にしていない。反射的に辺りを見回そうと余所見《よそみ》をしている間に、体の横へ落とした手を取られた。ぎくりと体が強張《こわば》り、甘い匂《にお》いの件など頭から吹《ふ》き飛ぶ。魔法円の刻まれた掌《てのひら》を握りしめると、現実かそれとも心の声か、小さな忍《しの》び笑いが零《こぼ》れた。

──右手と右足、同時に出ていたな。

──えっ。う、嘘《うそ》？

──嘘だ。まあ、そうなってもおかしくはない程度に不自然な歩き方ではあったな。……これが痴女《ちじょ》ならあまりにお粗末《そまつ》だな。

言葉と共に苛立ちの感情が過《よぎ》る。どうやら退室する直前にコンさんは〝痴女〟を最も無防備になる場所へ招く危険性を繰《く》り返し指摘《してき》し、王子らしからぬ軽率《けいそつ》な判断を諌《いさ》めたらしい。それに彼は憤《いきどお》っている。――所詮眠《しょせんねむ》りを得られない者の思いなど当人にしかわからない。それがどれだけ苦痛か、どれだけ精神を削《そ》ぐのか、一度味わった深い眠りがどれだけ快い穏《おだ》やかさをもたらすものだったか、誰《だれ》にもわかりはしない。

彼が考えれば考える程《ほど》、押し寄せる感情はどす黒く澱《よど》んでゆく。

経験したことのない酷《ひど》く重たく陰鬱《いんうつ》な心に、呼吸が詰まる思いがした。これだけ眠りに執着《しゅうちゃく》していれば、それを奪《うば》おうとする周囲の説得に苛立つのもわかる。

ただ、コンさん達の気持ちもわかる。今日一日〝痴女〟と疑いの目を向けられ食事に罠《わな》を仕《し》掛《か》けられ調査という名の尋問をされてきたが、その裏側には〝レーガン様を守る〟決意があった。

目の前の青年は鋭い眼差《まなざ》しでこちらを見やり、皮肉めいた笑《え》みを唇《くちびる》に浮《う》かべた。

――それだけのことをされて、随分《ずいぶん》と懐《ふところ》の深い言い様だな。

――はっはっは。冗談《じょうだん》じゃない。疲労感《ひろうかん》も不信感も苛立ちも山の如《ごと》しですよ？　ただこの感情漏洩魔法《ろうえいまほう》円のせいでわかってしまったんですから仕方がありません。自分で言うのも虚《むな》しいですが、私が怪《あや》しいのは事実ですし。

私だって自分の家の寝室《しんしつ》に突然《とつぜん》見知らぬ誰かが現れて「自分は異世界から来た」などと言われたら即座《そくざ》に警察に突《つ》き出す。私一人ならまだしも、共に暮らす家族の安全を考えれば、不審《ふしん》者を家の中に留《とど》めておくなど絶対に阻止する。

――って、いや、魔術《まじゅつ》なんてない私の世界とでは比較《ひかく》のしようもありませんが！　だから警察に突き出さないでください！

――突き出す気なら最初にそうしている。……いい加減夜も遅《おそ》い。寝るぞ。

言って、彼は摑《つか》んでいる私の手を引き寄せてきた。

体勢が崩《くず》れた流れで寝台の上に引っ張り込まれる。すぐ側で寝台の軋《きし》む音が響き、繫《つな》いでいない方の手が私の腰《こし》に回った。

目の前に恐《おそ》ろしく迫力《はくりょく》のある端整《たんせい》な顔がある。息を呑む私とは逆に、目の前の男の唇からふうとため息がこぼれ落ちた。

繫いだ手から、今夜も睡眠を得られるかと期待や不安が流れてくる。

〝マドレーヌ〟とやらの匂いが消えたな。

――え？　ええ、まあ、そりゃ丸一日経《た》っていますし、う、うわああああああ、近あああああ……！　というか腰の手止めてくれませんか、物凄《ものすご》い危機感を覚えるのですけれども！

――気のせいだ。言っただろう、そういう真似はしない。万一の時は俺の指と首をくれてやると。……いいから寝ろ。喧《やかま》しい。

こちらの動揺《どうよう》に対して向こうはひたすら冷静だ。

つられて混乱しきった思考がみるみる鎮《しず》まってゆく。繫いでいた手は離《はな》れ、もう片手と同じく腰へ回った。

目の前の男は既《すで》に目を瞑《つぶ》っていた。眉間には深々と皺が寄っている。よく見れば目の下には疲労《ひろう》の色が現れていた。厳しい顔つきは眠《ねむ》るというより今から戦場に向かわねばならない人間のようだ。……寝ろと言われても、慣れない環境《かんきょう》の上にこんな雰囲気を漂《ただよ》わせる人の隣《となり》で眠れるはずもなく。

心地《ここち》良いとは言い難《がた》い沈黙が落ちる。ふと魔法《まほう》円が刻まれた掌を目の前の男の額に当ててみた。ぺちりと思いの外いい音が響《ひび》く。長い睫毛《まつげ》が震《ふる》え、ゆっくりと紫《むらさき》の瞳が開かれた。

低い声が何事か呟《つぶや》いたが、その意味は全く伝わってこない。やがて彼は額に置かれた手を摑み、引き下ろした。

──何をしている、お前は。

──いや、気になっていたもので。触《ふ》れあうことで言葉をやり取りする魔法円とコンさんが言っていたので、手じゃなくて別の場所に触《さわ》っていても伝わるのかなあと。でも駄目《だめ》みたいですね。

──何故《なぜ》今試《ため》す。

──トイやコンさん相手に試せるとでも？　そうそう、もう一つ、マドレーヌ云々《うんぬん》の台詞《せりふ》で思い出したのですが何か甘い匂いがしませんか？　私の鼻が〝これはお菓子《かし》の匂いだ〟と訴《うった》えているのですが、王子様。

——……。レーガンでいい。お前の優秀《ゆうしゅう》な嗅覚《きゅうかく》が訴える通り、菓子だ。一応はな。

言って、王子様——いや、レーガン様は上半身を起こし、寝台側の小さな机に置いてあった器《うつわ》を手に取り、こちらへ差し出してきた。

白磁の器の蓋《ふた》には花を模《かたど》った穴が空いている。中には小振《こぶ》りの丸い菓子が入っていた。砂糖をまぶしつけ、上面《うわつら》だけを焼き付けてある。

差し出されるまま一つ手に取り口に放り込んだ。香《こう》ばしいカラメルの香《かお》りに唇を綻《ほころ》ばせたのも束《つか》の間。しばらくして強烈《きょうれつ》な違和感《いわかん》を覚え始めた。器に入れて放置されていたせいか、若干《じゃっかん》ぱさついている。それは仕方がないとして……恐ろしく甘さが足りない。何だこれは。

嚙《か》む度興奮がしぼんでゆく私を見て、彼は唇を吊《つ》り上げた。

——聞かずともわかるが、味はどうだ？

——本当にお菓子なのか疑わしい程度に甘みが足りません。ああ、もしかしてこちらの世界ではこれが普通《ふつう》の菓子なんですか？

——この辺りの上層階級では普通だな。クウェンティンは甘味料《かんみりょう》の原材料が豊富に取れる国で、それだけに〝強い甘みは庶民《しょみん》の味、上層階級は希少な甘味料を品良く微《かす》かに香らせる〟のが風潮だ。

言われてみれば先程の菓子も、砂糖自体は確かに〝希少〟なものらしい奥深い甘みがあった。道理で朝も昼も晩も甘い物が出なかったわけだ。不審者に提供するとしても、王城で作られた食事だ。きっと今後も甘いお菓子が提供されることはないだろう。

――ううう、異世界事情は複雑怪奇《かいき》……！　これから私は何を癒《いや》しにしたらいいの……!?

ところでレーガン様は食べないんですか？　甘い物はお嫌《きら》いですか。

――……。嫌いだな。

――はあ。なら何故枕元《まくらもと》に。えむですか？

――お前の言うことはよくわからんが、これは香代わりに持ってきただけだ。

――香代わり、ですか？　確かに匂いは美味《おい》しそうですが、香代わりになる程強い匂いはしないような……。

――しないな。安眠《あんみん》に効く気もしない。……朝一番に始末させるか。

――え。食べ物粗末にしちゃ駄目ですよ。私にください。

レーガン様は「正気か」と言わんばかりの顔をして、菓子の器を私へ渡《わた》した。小振りで量が少ない分、あっという間に食べ終わった。微かに感じる甘みは文句なしに美味《おい》しかったので、それだけにもっと砂糖を入れてくれたらと思わずにはいられない。

食べ終わった後で歯を磨《みが》き手を洗うために一旦寝台《いったんしんだい》を離れた。いい香りのする石けんを泡立《あわだ》てている間、先程の会話の最中覗《のぞ》き見た感情について考える。

香代わりの菓子。……思えば彼は出会った時から〝甘い匂い〟を気にしていたし、先程は〝マドレーヌの匂いがしない〟とも呟いていた。つまり、彼は安眠を得られた要因を菓子の匂いと推測したのではないか。私も、私自身が安眠を誘導《ゆうどう》したというよりはそちらの可能性の方が高いと思う。

しかしそのくせ彼は菓子を〝嫌《きら》いだ〟と断言した。表現し難い、重苦しい陰鬱な思いを滲《にじ》ませながら。

「……不眠症《ふみんしょう》のことといい、何か複雑そうだなあ」

一朝一夕《いっちょういっせき》で解決するものとは思えない。昨夜眠れたというのは偶然《ぐうぜん》なんじゃないか。そうなると、彼が私を保護する理由が一つ減るわけだが……それでも帰還《きかん》の術《すべ》を調査させ続けてくれるだろうか。

伝染《でんせん》した不安にため息を吐《は》き出し、のろのろと寝台《しんだい》へ戻《もど》る。やはり彼は眠れておらず、険しい顔つきで天井《てんじょう》を睨《にら》み付けている。ぎこちなく寝台へ上がる私を引き寄せ、今度は背中を抱《だ》きかかえるような姿勢になった。腹の辺りで互《たが》いの手を組み合わせ、彼はため息を吐き出す。私が寝台を離れている間に諦《あきら》めをつけてしまったのか、安眠という戦場へ挑《いど》まんとする鬼気《きき》迫《せま》る思いは消えていた。虚《うつ》ろな脱力感《だつりょくかん》に引きずられて、段々こちらまで滅入《めい》ってくる。

駄目だ。中途半端《ちゅうとはんぱ》に甘い物を食べたせいか、お菓子が恋《こい》しくなってきた。元々精神的疲労が溜《た》まってくると甘い物に走る性分《しょうぶん》なだけに、今後甘い物が提供されない環境は辛《つら》い。ぐるぐると、様々な菓子の味が蘇《よみがえ》る。

先程《さきほど》の菓子にもっと砂糖を足して、中にフルーツやカスタードクリームを入れたらどうだろう。ああケーキの味が恋しい、ふわふわのスポンジに甘酸《あまず》っぱい果実とたっぷりの生クリームを塗《ぬ》り重ねて……。いや待て、チョコレート、チョコレートが食べたい。濃厚《のうこう》な甘みとほろ苦さが絶妙《ぜつみょう》に調和した、あの口溶《くちど》けが無性《むしょう》に恋しい……。

——随分と菓子が好きらしいな。

悶々《もんもん》とする中、呆《あき》れたため息と共にそんな声が頭の中で響いた。

——勿論《もちろん》です、甘い物嫌いのレーガン様にはわからないでしょうけれども、お菓子は私の精神安定剤《ざい》です!……あああああ、だからこそ辛いんですよ、この疲労が溜まる状況《じょうきょう》で今後お菓子が食べられないっていうのは……!

——眠れないついでだ。マドレーヌとやらについて話してみろ。それが安眠の鍵《かぎ》かもわからん。焼き菓子《やがし》、だったか?

——材料と道具と場所さえ貸していただければいくらでも焼きますよ。もしかしたら私にとっての〝帰還の鍵〟かもわかりませんし! ええっとマドレーヌとは貝殻《かいがら》の形に焼き上げたお菓子でですね、小麦粉、砂糖、卵等とたっぷりのバター、それからブランデー等の好みの香り付けをして——。

——……。俺にはわからない単語が乱舞《らんぶ》しているのだが。

こうなれば自棄《やけ》だ。藁《わら》にも縋《すが》りたい。この世界へ来る前にしていたことは何でも試そう。

昨夜と同じくらいマドレーヌを大量に焼けば、もしかしたら古《いにしえ》より引き継《つ》がれしマドレーヌの秘《ひ》められた魔力《まりょく》が解放され何やかんやで元の世界に繋《つな》がる扉《とびら》が開かれるのかもしれない。魔《ま》術《じゅつ》がある世界ならばもう何でもありだろう、きっと。

材料の説明を交えながら怒濤《どとう》の勢いで語り続け、いつの間にか気づけばマドレーヌではなく別の菓子について切々と語っている自分に気がついた。

――すみません、話が逸《そ》れました。あれ、私マドレーヌについてどこまで話しましたっけ？ 帰還云々《きかんうんぬん》を別にしてもとにかく甘い物で癒されたい、そんな願望が拍車《はくしゃ》をかけていた。

質問への返答はなかった。不思議に思って耳をすませると、頭上から規則正しい呼吸音が聞こえた。体をよじり、そっと背後にいる男の顔を覗き見る。……今まで散々語っていた相手は、いつの間にか眠っていた。

「えええええ……」

眠れない眠れないと言っていたくせに、何故よりにもよって私が熱弁を振《ふ》るっている間に。

そこまでつまらなかったのか。がっかりする反面、険しい顔つきばかりしていた彼が眉間《みけん》に皺《しわ》を寄せることなく眠っている姿に安心もした。ひとまず今夜は彼の願いが叶《かな》った。私はまだ、追い出されずに済む。

「……」

さて、私は眠《ねむ》れるだろうか。

一時の安堵《あんど》では消えてくれそうにない不安が、胸の奥に巣くって離《はな》れなかった。

夢を見た。見た、気がした。

心臓を抉《えぐ》り取られるような絶え間ない苦痛の中に放り込まれ、足掻《あが》き這《は》いずる私の姿を知らない誰《だれ》かが笑っている——そんな、とびきりの悪夢を。

ぱちりと目が覚めた。目覚ましは要《い》らない。体は〝この時間〟が起床《きしょう》して家族の朝食と弁当を作る手伝いをする頃合《ころあ》いだと知っている。たとえマドレーヌを沢山《たくさん》焼いていて就寝《しゅうしん》したのが深夜だったとしても体に刻み込まれた習慣が狂《くる》ったりなどしない。そう、私なら出来る。まとわりつく甘い微睡《まどろ》みに負けず、すぐに起きて行動を始められる……！　あれこの自己暗示、前にも言った覚えがあるような。気のせいか？

それにしても夢見が悪かったせいか気分が悪い。そこまで考えて、肝心《かんじん》の悪夢の内容を思い出せないことに気がついた。嫌《いや》な気分だけが残っているのも癪《しゃく》に障《さわ》るので、眉間に皺を寄せつつ朧《おぼろ》げな記憶《きおく》を辿《たど》る。

……ああそうだ。夜遅くまでマドレーヌを焼いて、学校で居眠《いねむ》りして、起きたら王子様の寝室《しんしつ》で、宮廷魔術師《きゅうていまじゅつし》と腹黒メイドに痴女《ちじょ》呼ばわりされて、さらば人権こんにちは人間抱《だ》き枕《まくら》で、食事毎《ごと》に罠《わな》を仕掛《しか》けられたんだった。

起きたら妹に話してみよう。あの子はこういう突飛《とっぴ》な話が大好きだから、きっと喜んでくれる。あの子の笑顔《えがお》は天使みたいに可愛《かわい》いから、脚色《きゃくしょく》してもっと突飛で壮大《そうだい》な物語に仕立てて、大いに笑わせよう。

さて。脚色もいいが、そろそろ本当に早く起きなければ。

重たい上半身を起こして寝台から足を下ろし、大きく一歩を踏《ふ》み出し——いや、踏み外した。段差を転げ落ち床《ゆか》に叩《たた》きつけられ、痛みに悶絶《もんぜつ》しているうちにようやく夢だと思っていた異世界奇譚《きたん》は実際我が身に降りかかったことだとはっきり思い出した。

盛大な物音を聞きつけ寝室に鎧兜《よろいかぶと》を纏《まと》った衛兵二名が駆《か》け込んできて、二度目の醜態《しゅうたい》を目撃《もくげき》された。兜《かぶ》を被っていても「何やってるんだこいつ」という呆れは何故《なぜ》か読み取れた。

やがて衛兵の一人がはあとため息を吐き出し、小手に覆《おお》われた手を差し出してきた。羞恥《しゅうち》で視線を逸らしつつその手を取り、支えにして立ち上がる。

「……。ありがとうございます……」

「×××」

「うう、な、何言ってるのかわからないです」

小手越《ご》しでは翻訳魔法《ほんやくまほう》円も働かない。

特に返答は求めていないようで、彼（多分、彼）は一歩後ろで控《ひか》えていたもう一人の衛兵を連れて再び寝室の外へ引き返していった。

……もしかして昨夜扉の前で立ち往生していた時扉を開けてくれたのもあの人だろうか。ため息のつき方が同じな気がする。よし、きちんと名前がわかる時まで仮に鎧兜一号さんと呼ぶことにしよう。

一人勝手に頷《うなず》いていると、寝台の方から呻《うめ》き声が聞こえてきた。振り返ると、横たわる世にも美しい美青年が何かを探すように敷布《しきふ》の上に指先を這わせているところだった。目当ての物が見つからず眉《まゆ》を顰《ひそ》め、やがて目を開き億劫《おっくう》そうに上半身を起こした。……美形って羨《うらや》ましい。たとえ寝《ね》ぼけ眼《まなこ》だろうと御髪《おぐし》に寝癖《ねぐせ》がついていようと何故か様になっている。

「おはようございます、王子様……じゃなくてレーガン様」

「……。××××、×××」

「え？　ち、ちょっと待っててください」

段差に注意を払《はら》って寝台《しんだい》まで戻り、魔法円が刻まれた手を差し出す。額を押さえて俯《うつむ》いていた男は黙《だま》ってその手を取り、あっという間に寝台の中へ引きずり込んだ。

――いいいいい!?　な、な、何が〃そういうことはしない〃だ！　指を出せ、首を出せー！

――まだ眠い。お前は鳥か？　こんな時間に起きてどうする。

――習慣だから仕方がないでしょう！　早寝早起《はやねはやお》きは健康の代名詞ですよ！

未練たらしく腰《こし》に絡《から》みつく腕《うで》を引き剝《は》がし、寝台から這い出す。顔が熱い。呼吸が乱れる。

おのれ美形め、何てことをしてくれるんだ。

二度寝《にどね》するのは諦《あきら》めたのか、レーガン様は名残惜《なごりお》しそうに寝台から出た。警戒《けいかい》も顕《あら》わな私の手を取り、盛大にため息を吐《は》き出す。

――お前が王子を誑《たぶら》かすため送り込まれた女なら、相当な手練《てだ》れだな。俺の見る目が甘かった。

――甘いんじゃなくてねじ曲がってるんですよ貴方《あなた》の目は！　そんな風に私を見ないでください不潔！

――例えばの話だ。折角《せっかく》手に入れた安眠《あんみん》だ、指と首をくれてやるにはまだ寝足りない。

――……。そうですか。よかったですね、眠れて。……切っ掛《か》けはどれだったのかわかりませんが、少なくともお菓子《かし》の話をしている間に寝入《ねい》ったようですよ。不眠症《ふみんしょう》解決に役立ててください。

――ああ、そういえば四季の変化による卵の水分量がどうのとかいう話の辺りから記憶がないな。……あの後もずっと語っていたのか？

まさかそんな私だってその辺りで寝ましたよ、と誤魔化《ごまか》せたらよかったのだが、魔法円はとても正直だ。その辺りから話が脱線《だっせん》し始め、最後にはマドレーヌと全く関係のないことを語り続けていたことを思い起こしてしまった。この魔法円は感情漏洩《ろうえい》が過ぎる。

レーガン様は愉快《ゆかい》そうに笑みを零《こぼ》した。

——言葉通り、心の底から楽しげに話していたな。口を挟《はさ》むのが躊躇《ためら》われたくらいだ。

——ううう……恥《は》ずかしい……どうにかなりませんか、この魔法円。自慢《じまん》じゃありませんが私の思考は結構な散らかりっぷりなんですよ。知的な思考とは程遠《ほどとお》いんですよ……！

とても人様にお見せ出来るものじゃない。決まりの悪さに顔を顰《しか》める。が、レーガン様は何度か目を瞬《またた》かせ、やがてか細い息を吐き出した。

——散らかっているどころか、片付き過ぎていて不思議なくらいだ。

紫《むらさき》の目がすうっと冷え、私ではない「何か」を見据《みす》えた。

媚《こ》びる声。必要以上にへりくだる態度。その裏で嗤《わら》う言葉。見下し踏みにじり素知らぬふりで調子のいい言葉を吐く。利用しのし上がろうとするぎらついた野心。そのために絶え間なく吐き出す嘘《うそ》、誤魔化し。魑魅魍魎《ちみもうりょう》が蠢《うごめ》く地獄《じごく》を映す目はひたすら陰鬱《いんうつ》で、嫌悪《けんお》と憎悪《ぞうお》に充《み》ち満ちていた。

それはきっと本当は伝える気のなかった、浮《う》かんでは飲み込み消えてゆくはずの剝《む》き出しの感情だ。……この魔法円は本当に感情を流出し過ぎる。言葉以上に感情ばかりが零れてしまう。

——……。私はこの世界の人間じゃありませんので。

——何だ、唐突《とうとつ》に。

——貴方の現実にとって毒にも薬にもならない存在です。〝王子様〟という存在に対する正しい接し方も賛辞の言葉も知りませんが、せせら笑うだけの知識も言葉も持ち合わせていません。ですから、まあ、何と言いますか。……ご安心を？

駄目《だめ》だ、言葉が足りない。頭の中でこの有様では、言葉で伝えようとした場合もっと悲惨《ひさん》なことになっていそうだ。正に〝知的な思考とは程遠い〟。

決まり悪さが更《さら》に強くなったのは伝わっているはずだろうに、彼はただ冷めた目をふっと細めて笑った。

——お前は本当に、異世界めいているな。よくわからん。

——はあ。それを言うなら私もわからないことだらけですよ。

〝異世界の王子〟という肩書《かたが》きも、澄《す》んだ紫の瞳《ひとみ》も、黒とも青とも言い難《がた》い独特な髪《かみ》の色も、整った顔立ちも、全《すべ》てが現実離《ばな》れしている。魔術《まじゅつ》も巨大《きょだい》な城もメイドも鎧兜も、一つ残らず私には異世界めいている。

さて二度寝は阻止《そし》したものの、早起きしたからといって特にやることはない。ひとまず寝室に来る際着た分厚い外套《がいとう》を羽織って、どうしたものかと考える。

そのうち、扉《とびら》を叩く音が響《ひび》いた。後から鎧兜二号さんの声がかかる。レーガン様が短く何かを返答するや否《いな》や、険しい顔のコンさんが扉を開けて現れた。

コンさんはまずレーガン様の無事を確認《かくにん》し、次いで何故か私に微笑《ほほえ》みかけた。

背筋に寒気が走る。トイやコンさんの笑顔は決して表面通りのものではないと昨日一日で十分思い知った。警戒して後退《あとずさ》りする私に向かって、彼は徐《おもむろ》に口を開いた。

「おはようございます」

「……、……！」

それは発音こそ微妙《びみょう》に違《ちが》うものの、一日ぶりに他者から聞いた〝日本語〟だった。警戒心《けいかいしん》が一気に解け、気持ちが昂《たか》ぶるままコンさんへ駆け寄る。

「日本語ってことは帰還《きかん》の目処《めど》がついたんですか⁉　それでその笑顔⁉　ごめんなさい警戒して！　ありがとうございます、本当にありがとうございますっ！　いつになったら帰れますか、今すぐは無理ですか？」

仕事が早かったのは追い出したい一心なのだろうけれどこの際理由など何でもいい、送り返してもらえることには変わりない。

興奮状態の私を前に、コンさんは初めて見る戸惑《とまど》いの表情を浮かべ私の手を摑《つか》んだ。

――落ち着きなさい！　私に日本語とやらの挨拶《あいさつ》を教えたのは貴女《あなた》でしょう！

目の前にあった希望が、爆《は》ぜて消えた。

そうだった。昨日の〝調査〟の中で日本語の挨拶も話したのだった。てっきりコンさんが何か日本に関する情報を手に入れたから挨拶が出来るようになったのかと勘違《かんちが》いしてしまった。

……そうだ。〝絶対に召喚《しょうかん》されたのではない〟と、そう断言していた以上、いくら何でもそこまで仕事が早いはずがない。

長い長いため息を吐き出し、乾《かわ》いた笑い声を零《こぼ》す。

――一度聞いただけでよく覚えられましたね。びっくりしました。発音ほぼ完璧《かんぺき》でしたよ。

……本当、完璧過ぎて泣きたくなってきました。

――……。

――手、離《はな》してください。……八つ当たりしたくなる。

わざわざ日本語の挨拶をしたのは決して親切心からではない。魔法円を通して伝わるのは〝王子の興味を誘《さそ》い取り入ろうと目論《もくろ》む女の正体を暴《あば》くため、まずは異世界から来たという主張が偽《いつわ》りだと証明しようと不意打ちで異世界の挨拶をして反応を窺《うかが》った〟という罠《わな》だ。

どれだけ帰りたいか、どれだけ家族に会いたいか、どれだけ不安な思いを抱《かか》えて一夜を過ごしたか知りもしないで、私の大事な世界の言葉を利用した。

あちらも大事な王子を守りたいがためだというのはわかっている。それでも――今度ばかりは仕方がないと飲み下す気になれない。

摑まれている手を振《ふ》り払い、寝室《しんしつ》を出る。滲《にじ》む涙《なみだ》に気づかれるのが嫌《いや》で、拭《ぬぐ》う仕草すら見せないまま早足でその場を去った。

と。
いくら〝王子の在り方、接し方〟をよく知らない私でもわかる。おかしいのは不審者《ふしん》をよりにもよって無防備な睡眠時《すいみんじ》に連れ込むレーガン様の方で、周りが必死に諌《いさ》めるのは当たり前だ

魔術の痕跡《こんせき》とやらが無いにも拘《かか》わらず〝異世界から来た〟と主張する身元不明の女。衛兵の警備を破って現れた不審者の企《たくら》みを暴き、一刻も早く事態を収拾《しゅうしゅう》しようとするのも当たり前だ。けれど、だからといって私だって好きでこんな面倒《めんどう》くさい状況《じょうきょう》へ飛び込んできたわけじゃない。魔術がわかるなら自分でも調査して一刻も早く元の世界へ戻《もど》ろうとするし、もっと堅実《けんじつ》に身辺が保証される術《すべ》があるならそうしてる。

一体私が何をした。どんな悪さをしたからこんな目にあっていると言うのか！

「……、あ」

ふと顔を上げた時、目の前には長い長い通路がひたすら続いていた。ここは何処《どこ》だろう。曇《くも》り一つない冷ややかな白い壁《かべ》に囲まれ、込み上げる激しい孤独感《こどくかん》にぞわりと全身が粟立《あわだ》つ。

咄嗟《とっさ》に背後を振り返った時、まだ見慣れない鎧兜《よろいかぶと》姿の衛兵二人が物も言わず背後に佇《たたず》んでいて思わず「ひっ」と悲鳴をあげる。ややあって、乾いた笑いが口をついた。……なるほど確

かに、〝不審者〟を一人うろつかせるはずがない。

衛兵二名は言葉を発さず手の仕草でついてくるよう促《うなが》した。黙《だま》って頷《うなず》き、彼らの後についてゆく。

「……はあ。嫌だなあ。今日も調査もとい尋問《じんもん》するんだろうなあ……」

今あの謂《いわ》れのない軽蔑《けいべつ》の眼差《まなざ》しで見られたら引っぱたいてしまいそうだ。そんなことをしたら最後本当に牢獄《ろうごく》へ叩《たた》き込まれかねない。気をつけよう。

気鬱《きうつ》になりながら通路を進んでゆくと、不意に美味《おい》しそうな香《かお》りが鼻をくすぐった。途端《とたん》胃が空腹を訴《うった》えてぐるぐると呻り声をあげる。鎧兜一号二号さんが同時にこちらを振り返ったが素知らぬふりをして、周囲を見渡《みわた》す。

通路の途中《とちゅう》にある扉が開き、室内が見えていた。広々とした空間の中央に、恐《おそ》ろしく長くて大きなテーブルがあった。壁際《かべぎわ》にずらりと控《ひか》えるメイド達に見つめられながら、制服のような揃《そろ》いの白い服を身に纏《まと》った複数の男達が忙《せわ》しなく動き回り、テーブルの上に料理の皿を並べていた。慎重《しんちょう》に皿を置いた後、少しでも元の形が崩《くず》れていればすぐさま手を加え、一寸の隙《すき》もなく整え直してゆく。

食事の用意というよりも寧《むし》ろ壮大《そうだい》な芸術作品を作っている真っ最中に思える張り詰《つ》めた空気が漂《ただよ》う。繊細《せんさい》な作業に見入っているうち、一歩離れた場所で彼らの仕事ぶりを鋭《するど》い目で見つめていた年配の男がこちらの存在に気がついた。

彼の目が私の姿を睨《な》め回し〝何か〟に思い至ったようにはっとした直後、余所《よそ》へ行けとばかりに大きく手を振り回《まわ》しながらこちらへ近づいてくる。

「×××！　××××……×××!!」

「え……え？」

目の前に立ち塞《ふさ》がった男の顔は怒《いか》りか何かで紅潮していた。指先をこちらへ突《つ》きつけ、刺々《とげとげ》しい怒声《どせい》をあげている。

初めて会った人とは思えぬ剣幕《けんまく》を前にしては、手を差し出す気も起こらない。意味のわからない言葉で一方的にまくし立てられるのがここまで怖《こわ》いことだと知らなかった。

見かねた衛兵達が口を挟《はさ》んだ途端、男は衛兵達を怒鳴《どな》りつけた。そしてすぐさま私へ視線を戻し、声を荒《あら》げる。

体が凍《こお》り付く。後退りした分だけ詰め寄られ、混乱が思考を白く染めてゆく。掌《てのひら》に爪《つめ》が食い込む程強く握《にぎ》りしめた手を、不意に引かれた。

振り返ったそこには、仮面の如《ごと》く微動《びどう》だにしない表情で男を見据《みす》えるレーガン様がいた。少し後ろには難しい顔のコンさんが控えている。

いつの間にか男は喚《わめ》くのをやめていた。帽子《ぼうし》を脱《ぬ》ぎ、恭《うやうや》しく一礼をする。先程《さきほど》までの憤怒《ふんぬ》に替《か》わっていくらかばつが悪そうに、けれどたっぷりと棘《とげ》を含《ふく》んだ声色《こわいろ》で彼は言葉を紡《つむ》ぐ。

掌に刻まれた魔法《まほう》円を通して、耳では聞き取れない言葉が意味を伴《ともな》って頭の中に流れ込む。

男が先程から喚いていたのは〝無能な衛兵どもめ、汚《けが》らわしい淫女《いんじょ》を王族の食堂へ近づけるな、毒を盛るつもりじゃないかと想像することも出来ないのか〟という内容だった。今はレーガン様を前にしている手前言葉こそ丁寧《ていねい》になっているが、内容は大して変わりがないらしい。

男の言葉を聞きながら、〝彼〟は冷えた嗤《わら》いを吐《は》き捨てて思う。

——一番毒を盛りかねない男がよく言ったものだ。

殺伐《さつばつ》とした呟《つぶや》きは外へ出ることなく心の奥底へ押し込められ、表情に表れることすらない。

彼は淡々《たんたん》とした態度で怒り狂《くる》う男をあしらい、平然と踵《きびす》を返して歩き始めた。手を引かれながらちらりと後ろを振り返ると、男は王子に向けるものとは思えない目でこちらを睨め付けていた。

張り詰めた空気の中、靴《くつ》が床《ゆか》を打つ音がひたすら響く。レーガン様は軽くため息を吐き出した。

——つくづく運のない女だな、お前は。よりにもよってあの男に遭遇《そうぐう》するとは。

——……。ええ、知らない間に異世界の王子の寝室にいて痴女《ちじょ》やら暗殺者やら淫女やら言われて調査という名の尋問にかけられる程度には運が悪いですが何か？

——そう荒《すさ》むな。……あの男は第一調理室の料理長タガート・サンブラートだ。王族の食事を任されている。食事の用意からテーブルに並べるまで徹底《てってい》して見届けなければ気が済まない男でな。

……なるほど、道理で周りのメイド達も一切《いっさい》手を出さず料理人達の作業を見守っていたわけだ。不審者を自分の料理に近づけたくなかった理由も、初対面なのに激しく怒鳴りつけられた理由もよくわかった。

〝汚らわしい淫女〟。どうやら想像していた以上に、城の中で私の悪評が広まっていたらしい。

——よくも言ったものだな、〝汚らわしい淫女〟とは。それを保護しているのは間違《まちが》いなく王子本人で、王族の痴情《ちじょう》は見て見ぬふりが正しい使用人の振る舞《ま》いだというにも拘わらず。

——は⁉　ち、痴情っ⁉

——あくまで使用人達が好奇《こうき》心旺盛《しんおうせい》に噂《うわさ》している話の場合だ。〝痴情〟ではないし今後もそうならないことは保証するから安心しろ。……サンブラートの暴言はあまり気にするな。あれが敵視しているのは俺で、お前は飛び火が及《およ》んだだけだ。

気にするなと言われて気にしないでいられる程、私も心の広い人間ではない。落ち着いてきたらどんどん腹が立ってきた。初対面でよくも言ってくれたなあの男……いや〝おっさん〟だ、あんなのはおっさん呼ばわりで十分だ。

——ああ、どうせ初対面で顔なんか知らないんだろうから「人違《ひとちが》いです」って言って大泣きしてやればよかった。無関係な通りすがりの娘《むすめ》を謂《いわ》れなく泣かせた罪を一時でも被《かぶ》せてやれば……！

──無理だな。衛兵を連れた見慣れない娘だ、〝渦中《かちゅう》の女〟だと一目でわかる。それにお前の黒髪《くろかみ》は目立つ。サンブラートもそれですぐに気づいたのだろう。

……言われてみればコンさんといいトイといい、会った人達は皆《みな》色素薄《うす》めだった気がする。何だ、まさか〝黒髪はこの世界に存在しない異端《いたん》の証《あかし》〟なんて言われて弾圧《だんあつ》あるいは崇拝《すうはい》される壮大な物語に繋《つな》がってしまうのでは？　などと真剣《しんけん》に思った瞬間《しゅんかん》、レーガン様が小さく吹《ふ》き出した。

──目立つとは言ったが、この国ではの話だ。暗い色の髪《かみ》の人間が多い国もある。特にニールリュル国は多いな。……ああ、あの国ならお前程黒い髪は〝神の祝福〟とでも言うかもしれないな。

──ぬ、ぬるぬる国？

──……。まあ、あの国の話はいい。あれは特殊《とくしゅ》な場合だ。……ひとまずバレットには今日の〝調査〟はやめるよう言っておいた。

──あ……ありがとうございます。

流石《さすが》に今コンさんと顔を突き合わせるのは無理だ。きっと手を繋いでも苛立《いらだ》ちしか湧《わ》かない。下手《へた》に暴力的なことを考えて投獄《とうごく》されても嫌《いや》だ。拒否《きょひ》反応から我知らず顔を顰《しか》める。

──わかりやすいな、お前は。……いつになるかはわからないが、お前の部屋に使いをやる。夜までには何とか話をつけるから、待っていろ。

――は？　話がつき次第《しだい》って、何の……。

答えを聞く前に、来た覚えがうっすらある場所へ辿《たど》り着いた。部屋の前にはトイが待機していて、レーガン様とコンさんに向かって深々と頭を垂れる。

レーガン様は手を離《はな》し、衛兵を引き連れて元来た道を戻《もど》っていった。

その場に残されたのは私とトイ、そしてコンさんだ。しばらく重い沈黙《ちんもく》が訪《おとず》れる。

ため息を吐き出して部屋の扉《とびら》を開き、コンさんに向かって会釈《えしゃく》をする。なるべく顔を見ないようにしていたが、一瞬《いっしゅん》視界の端《はし》を掠《かす》めてしまった。――彼はあの料理長と同じ、〝毒を盛るつもりじゃないか〟と想像しているような疑念に満ちた目をしていた。

堪忍袋《かんにんぶくろ》の緒《お》が切れかける音が聞こえた気がした。

部屋の中に飛び込んで扉を閉め、荒い呼吸を繰《く》り返す。怒りで体が戦慄《わなな》き、目の前が白に染まる。押し込めようと努めた怒声も、もう喉元《のどもと》までせり上がってきていた。

「……、毒を盛るつもりならあんな人目のある場所に行くかっ！　それより昨夜寝《ね》てる間にぶすりとやってるわ！　第一ねえ、王子様誑《たぶら》かそうっていうならもうちょっと美人を寄越《よこ》すでしょう！　私の何処《どこ》に誑かせる要素がある⁉　口で騙《だま》くらかすにしても異世界云々《うんぬん》じゃなくてもうちょっと現実味ある理由選ぶわ！　どいつもこいつも少しは考えろ、馬鹿《ばか》――‼」

溜《た》まりに溜まった苛立ち全《すべ》てを込め、ありったけの声量で叫《さけ》ぶ。けれど心からの言葉でさえも、この世界では誰《だれ》にも理解されない。誰にも届かない。

吐き出したはずの苛立ちがまた一つ、胸の奥に生まれて沈《しず》んだ。

その後食事以外はひたすらふて寝をした。相変わらず食事中はトイの監視《かんし》の目があった上、罠《わな》も変わらず仕掛《しか》けられていたが、確認《かくにん》のために手を繋いで理不尽《りふじん》な感情をぶつけられるのは気が重く、間違いに気づいてもそのまま黙々《もくもく》と食事を続けた。

朝が過ぎ昼が過ぎ夕が過ぎ、再び陰鬱《いんうつ》な夜がやってきた。レーガン様は「夜までに話をつけて使いをやる」と言っていたが、未《いま》だそれらしき人は現れない。そもそも話をつけるとは一体何に対してなのかがわからない。

一応服は着たままで、窓の外をぼうっと眺《なが》めて時間が過ぎるのを待つ。

昼間寝過ぎたせいで全く眠気《ねむけ》はない。深夜とまではいかないにしろ結構な真夜中だが、未だトイは部屋に待機している。

と、がしゃがしゃと金属めいた足音が部屋に近づき、やがて扉を叩《たた》く音が響《ひび》いた。呼びかける声に応《こた》え、トイが扉を開く。音で察した通りそこには鎧兜《よろいかぶと》を装備した衛兵とコンさん、それにレーガン様がいた。

トイが深々と頭を下げる。コンさんは眉間《みけん》に皺《しわ》を寄せながら部屋に入り、私に向かって手を差し伸《の》べてきた。しばらくその手とコンさんの苦々しい顔を見比べた後、彼の横を通り過ぎてその後ろにいるレーガン様の手を摑《つか》んだ。

トイとコンさんの刺々《とげとげ》しい視線が刺《さ》さるが構うものか。今〝痴女〟だの〝毒殺を目論《もくろ》んでいる〟だのと言われたら、流石の私も挫《くじ》ける。もしくは怒《おこ》る。気持ちが切り替《か》わるまでの間、あの二人の毒舌《どくぜつ》と理不尽な疑いの感情に触《ふ》れたくない。

——こんばんはレーガン様、相変わらず顔色が悪いですね。肌《はだ》が白いと隈《くま》が目立って……、……も、もしかしなくとも私が早起きさせたせいですか？

——今の今まで仕事をしていたせいだ。疲《つか》れた。いつものことだが、睡眠《すいみん》がとれるようになった分いくらかマシだ。……それより、遅《おそ》くなって悪かったな。昼間のうちに使いをやるつもりだったが、夜遅《よるおそ》くにしか時間の都合がつかなかった。

——はあ。あの、一体何の都合をつけたんです？

——第二調理室の使用許可だ。

——は？

頭を過《よぎ》る、サンブラートという料理長の怒号《どごう》。確か彼は第一調理室の料理長だと説明されたが……第二調理室？　使用許可？

レーガン様は手を繫いだまま、寝室《しんしつ》とは別の方向へ通路を進み始めた。衛兵達とコンさん、それにトイが忙《せわ》しなく彼の歩調に合わせて歩き出す。仄明《ほのあ》かりが灯《とも》る青白い通路を行く道中、レーガン様は説明を再開した。

――マドレーヌとやらを作りたいのだろう？　場所は確保した。材料は第二調理室にあるものを調べて自分で見繕《みつくろ》え。時間の許す限り、好きなだけ作ればいい。

――は？　あ、ああ……なるほどそういうことですか。

初日はマドレーヌの匂《にお》いを引っさげ、二日目は菓子《かし》について熱弁を振《ふ》るっている間に寝入《ねい》ったレーガン様。安眠《あんみん》の鍵《かぎ》は異世界菓子《がし》類にあると考えたのだろう。私にとってもマドレーヌは異世界へ飛ばされた直前に沢山《たくさん》焼いていた経緯《けいい》があるため、もしかしたら帰還《きかん》の鍵になりうるかもしれないものだ。

ちらりと後ろを一瞥《いちべつ》すれば、厳しい顔つきのトイやコンさんと目が合った。……私に魔術《まじゅつ》が何であるかなんてわからない。けれどこの世界の人に任せたところで本気で調べてくれるのか、段々不信感が募《つの》ってきているのも確かだ。

私も私で出来ることを探さなければ。マドレーヌに世界を渡《わた》る力があるとは思えないけれど、それでももう一度、同じような状況《じょうきょう》を作れば何かが変わるかもしれない。

階段を下り、ひたすら通路を歩いていくうち、段々周りの様子が変わってきた。与《あた》えられた客室から王子の寝室までの行き来しかしていない私だが、通路を飾《かざ》る花もなく扉などの装飾《そうしょく》も明らかに劣《おと》り、窓から見える景観も悪い。

通りすがる兵士達の恰好《かっこう》も使い込まれた風合いが出たものや顔を露出《ろしゅつ》させた軽装備の人が多

く、いつもレーガン様の傍《そば》にいる衛兵達に比べて何処《どこ》となく優美さに欠ける。彼らは真夜中に王子を含む一行と出くわしたことに仰天《ぎょうてん》し、すぐさま敬礼をして道を開けてゆく。

やがて歩みが止まった。その扉の前に立っていたのは、制服らしき白い揃《そろ》いの服を纏《まと》った小柄《がら》な青年とふくよかな体格の女性だ。レーガン様に向かって礼をした後、青年は通りすがった兵士達と同じく緊張《きんちょう》しきり、強張《こわば》った面持《おもも》ちで奇妙《きみょう》な一行の顔を覗《のぞ》き見ている。

対して女性は堂々たる態度で向かい合っている。癖《くせ》の強い赤毛と、いかにも快活そうなはっきりとした目鼻立ち。化粧《けしょう》はしていないがきらきらと輝《かがや》く目が若々しく、同時に有無《うむ》を言わせない迫力《はくりょく》を帯びている。

ふと彼女の視線が私に移った。言いしれぬ威圧感《いあつかん》に唾《つば》を飲み込み、彼女に向かって一礼をする。それを横目に、レーガン様が実際に声に出しながら紹介《しょうかい》を始めた。翻訳魔法円《ほんやくまほうえん》のお陰《かげ》で言葉の内容もしっかり把握《はあく》出来る。

——彼女は第二調理室の料理長ブリジット・ランビリズマだ。隣《となり》の男は知らん。制服からして料理人だろう。

——知らんって。そんな大雑把《おおざっぱ》な。……ええと、人を淫女呼《いんじょ》ばわりした失礼極《きわ》まりないあのおっさんは第一調理室料理長、でしたよね？　第一と第二って何か違《ちが》うんですか？

——第一は王族や側近や客人の料理を、第二は城で働く者達の料理をそれぞれ担当している。……ただ、お前は客人だが、食事を作っていたのは第二調理室の者だ。

それはよかった。今後食事の度《たび》にあのおっさんを思い出す羽目にならずに済んだ。思った瞬間レーガン様は眉《まゆ》を顰《ひそ》め「俺は毎日思い出さざるをえない」と嘆《なげ》いた。何と気の毒な。

隣からの言葉に耳を傾《かたむ》けているうち、不意に目の前に手が差し出された。料理長の女性のものだ。一切《いっさい》逸《そ》らされない射貫《いぬ》くような視線に若干《じゃっかん》怯《ひる》みながら、レーガン様の手を離し恐《おそ》る恐る女性の手を握《にぎ》る。……またいきなり罵詈雑言《ばりぞうごん》浴びせかけられたらどうしよう。

——おや。そんなに怖《こわ》い女に見えるかい。

そこで初めて女性は笑《え》みを見せた。子供を驚《おどろ》かそうとするような、大袈裟《おおげさ》に作った悪い笑い方だ。威圧感漂《ただよ》う雰囲気《ふんいき》とは違った親しみやすい反応に、我知らず抱《いだ》いていた警戒心《けいかいしん》が薄《うす》まった。

——いえ、あの、申し訳ありません。今まで会った人の殆《ほとん》どに暴言吐《は》かれているのでつい。

……初めまして、り……いえ、茉莉・林道と申します。

——さっきレーガン様が説明しただろうけれど、私はブリジット・ランビリズマ。第二調理室の料理長だ。隣にいるのはホイット・ウィンズロー。同じく第二調理室の料理人だね。

あんたのことはレーガン様とあの子……バレット・コンスタンスから聞いているよ。

〝知らない間に異世界にいた〟そうだね？

——コンさんなら〝と、主張している〟なんて言ってるんでしょうねあの総若白髪《わかしらが》め。……

ごほん。いつも美味《おい》しいお料理ありがとうございます。

出来れば罠無しで味わいたいものだ。思わず視線が遠くなる私に対し、彼女は「罠？」と眉を顰めた。どうやら件《くだん》の罠はレーガン様至上主義者達の独断によるものだったらしい。ならば料理長である彼女に訴《うった》えるのは筋違《すじちが》いだと考え、ひとまず話を先へ進めた。

——夜遅くに勝手なお願いをしてご迷惑《めいわく》をおかけします。コンさんの言った内容がどういうものなのかは知りませんが、私は本気で元の世界へ帰りたいと思っています。不審《ふしん》者なんて大事な調理場には入れたくないでしょうけれど……仕事の邪魔《じゃま》にならない範囲《はんい》でいいんです、少しだけ、私に材料と道具と場所を貸してください。

——へえ。〝大事な調理場〟ねえ。あんた、女にとって調理場がどういう場所かわかるのかい？

——料理は日常的にしていたので。

上にも下にもきょうだいがいる大家族で、全員大食《おおぐ》らい。両親は共働き。

そういう環境《かんきょう》で育てば、自然と家事を手伝うようになる。中でも料理は気づけば数少ない趣味《しゅみ》の一つになっていた。弁当作りも食事当番も喜び勇んで手伝い、お小遣《こづか》いは料理の本や道具や材料費に費《つい》やした。

そうやって一つ一つ物が増え使いやすく変わってゆき、家族とたわいもない話をしながら色々作った思い出も沢山《たくさん》染《し》みついている調理場は、私にとってとても大事な空間だった。不審者を立ち入らせるなど以《もっ》ての外……。

――え、ええと、だからといって追《お》い払《はら》って欲しいわけじゃなくてですね！　調理場が神聖な場所だというのはわかっていますので、見張っていただいても途中《とちゅう》で制止かけていただいても構いませんから、何とか場所を貸していただければと……！

慌《あわ》てて弁解をすると彼女は目を瞬《また》かせ、やがて豪快《ごうかい》な笑い声をあげた。会話が聞こえていない周囲の人間はぎょっとして僅《わず》かに身を引く。ひとしきり笑い終えた後で、彼女は急に真剣《しんけん》な顔つきになった。

――あんたの思っている通り。第一王子の命とあれば何でも従う他《ほか》ないけれど、不審者を〝大事な調理場〟に入れる前に一言釘《くぎ》を刺してやろうと思っていたんだ。でもあんた、どうやら痴女《ちじょ》でも不審者でもないみたいだねえ。悪かったね、怖がらせて。

――え。

――調理場は朝食の準備を始めるまでなら好きに使っていいよ。ただし道具を壊《こわ》したり暴れ回ったり調理場にある食材全部使い切ったり、まあそういうことは控《ひか》えて欲しいかねえ。ああ、異世界から来たっていうなら材料はわかるのかい？　道具の使い方は？

怒濤《どとう》の勢いで質問を投げかけられる。最初の威圧感はすっかり消え失《う》せ、親身な気持ちが直《じか》に伝わってくる。

今まで何人もの人と魔《ま》法《ほう》円を通して会話したが、誰《だれ》一人としてすんなり信じてくれはしなかった。けれど今、彼女は心から〝異世界から来た人間〟に対して言葉をかけてくれている。

彼女の柔軟《じゅうなん》さの方が珍《めずら》しいとわかってはいても、ただでさえ心許《こころもと》ないところに塩を塗《ぬ》り込むような仕打ちや理不尽《りふじん》な罵詈雑言が一気に頭に蘇《よみがえ》り、妙《みょう》に泣けてきた。張り詰《つ》めていた何かがぷっつり切れ、その場に座り込んでしまいたい程力が抜けた。

——ああほら、泣かない泣かない。時間はそんなにないんだから。

——ううう……はい……。あの、ランビリズマさん。ご迷惑でなければ材料と道具の説明をお願いしたいのですが、明日の仕事に差し支《つか》えあるようならまた日を改めてでも……。

——ブリジットでいいよ。ランビリズマだと紛らわしいから。あたし達は第二調理室の忙《いそが》しさに慣れているし、この程度の夜更《よふ》かしどうってことないさ。さあ入った入った！

笑顔で調理室の扉《とびら》を大きく開き、ランビリズマさん、いやブリジットさん——紛らわしいってどういう意味だろう——は隣にいたホイットという青年に声をかけ、材料探しを手伝うよう指示を出した。

恐らく料理人として不審者に一言釘を刺《さ》すために来たはずの彼は、ブリジットさんの態度に目を瞬かせて私と彼女を交互《こうご》に見た。彼女は「どうやら聞いていた人物とは違うようだねえ」とホイットに対して説明しながら、じろりとコンさんを見やった。

あまりにもあっさりと警戒《けいかい》を解いた様子に他の面々も大体同じく戸惑《とまど》いを顕《あら》わにしたが、特にコンさんは眉間《みけん》を押さえて俯《うつむ》き、トイは円《つぶ》らな瞳《ひとみ》を大きく見開き白磁の肌《はだ》を青ざめさせた。

トイは私に指先を突《つ》きつけながらブリジットさんに向かって悲鳴じみた掠《かす》れた声をあげるが、

彼女が「トイ・フェル」と低い声で名前を呼んだ途端《とたん》に言葉を失った。

……あれ。確か第二調理室の料理長と名乗っていた気がするけれど、聞き間違《まちが》いだったか。実はクウェンティン軍幹部とか女王様とかコンさんとトイのお母様とか名乗っていた？

狼狽《うろた》えている間に調理場に引き入れられた。広い空間に所狭《ところせま》しと調理台や調理道具が犇《ひし》めいている。王子の寝室《しんしつ》や客室に比べると遥かに優美さに欠けるが、この世界に来て初めて人間らしい〝生活感〟を目にしたせいか妙な居心地《いごこち》の良さを覚えた。

ブリジットさんは背後にある柱めいた石組みの大きな箱を叩《たた》き、何かを言った。目を瞬かせる私を見て手を繋《つな》がなければならないことを思い出したらしく、手を差し出して再度言葉を繰《く》り返した。

――まずこれが窯《かま》。焼《や》き菓子《がし》なら使うだろう？

――窯!? ということはつまり薪《まき》ですか!?

電気は無いだろうと諦《あきら》めていたが、よもや薪か。火加減の難しさを察し、早くも絶望感が心に刺さった。ブリジットさんは首を横に振《ふ》り、「薪ではないよ」と答えた。

――熱する魔術《まじゅつ》が組み込まれた窯でね。早くて火加減の調節も簡単だ。保冷庫はこっちだよ。窯とは逆に、空気を冷やす魔術が組み込まれている部屋だ。まず材料を見繕《みつくろ》おうか。焼き菓子を作るんだったかい？

――はい、ええっと、こちらにあるのかどうだかわかりませんが、材料は小麦粉、砂糖、卵とバターです。

──この魔法円、不便っちゃ不便だけど便利っちゃ便利だねえ。言ってる言葉自体はよくわからない謎《なぞ》の単語だけれど、どんな食材を想像しているのかは何となく伝わる。他には？

──いえ、最低限それだけあれば何とか。

だが元の世界で最後に作ったマドレーヌはふくらし粉や蜂蜜《はちみつ》等を入れていた。そこまで細部に拘《こだわ》らないと〝あの時と同じ状況《じょうきょう》〟には値《あたい》しないだろうか。これが本当に帰還《きかん》の鍵《かぎ》になりうるのなら死に物狂《ぐる》いで同じ物を作ろうとするけれど、流石《さすが》に貝殻《かいがら》の形をした焼き型までは自作出来そうにない。いや鉄板を金槌《かなづち》で打てば何とかなるか？

──型を作るにしても鍛冶《かじ》屋か細工師に頼《たの》んだ方がいい。素人《しろうと》芸で作った型じゃ均等に焼けないよ。さて、粉だったね。あたし達が普段《ふだん》使ってる粉といえばあの袋《ふくろ》、卵はあの箱だね。〝バター〟は……ううん……。

──ええと、乳脂肪《にゅうしぼう》の固形物、です。

──乳脂肪ねえ。グクのカッタでも出してみようか。

彼女は一旦《いったん》私の手を離《はな》し慣れた足取りで保冷庫へ向かい、重そうな扉を開けた。途端に冷えた空気が押し寄せ鳥肌が立つ。

庫内には大きな棚《たな》がいくつも置かれ、大量の食材が保管されていた。ブリジットさんは腕一《うでいっ》杯《ぱい》にいくつかの袋を抱《かか》え、保冷庫の入り口で屯《たむろ》する衛兵やコンさん達を脇《わき》へ押しやって調理場へ運び出してゆく。その傍《かたわ》ら、ホイット青年にも何事か声をかけた。

彼は相変わらず戸惑いがちな顔のまま一つため息を吐《は》き出し、同じく保冷庫の奥へ行った。

焼き型らしきものと陶器《とうき》の壺《つぼ》を手に調理場へ向かう。

調理台に置かれた材料が見えるよう袋の口を開けてゆくブリジットさん。最低限のものを並べ終わり、視線が私に集中する。調理場にはおよそ相応《ふさわ》しくない王子や衛兵、宮廷魔術師《きゅうていまじゅつし》、殺気立つメイドに囲まれホイット青年は大層居心地が悪そうだ。

調理台の上の物を見ているうち、嫌《いや》な感覚がじわじわと胸に広がってきた。静かに呼吸を整え、ブリジットさんに手を差し出し問いかける。

——味見しても構いませんか？

——勿論《もちろん》。粉は飲んじゃ駄目《だめ》だよ、お腹《なか》壊すから。

頷《うなず》き、一度ブリジットさんと繋いでいた手を離して一つ一つ材料を確認《かくにん》してゆく。

幸い卵と砂糖は私が知る物と変わりがない。特に砂糖は流石甘味料《かんみりょう》の名産国だけに口溶《くちど》けもよいさっぱりとした甘さで、寧《むし》ろ家で普段使う砂糖より質が良いかもしれない。

問題はそれ以外だ。粉は小麦粉と比べて色が濃《こ》く粒子《りゅうし》が粗《あら》い。ホイット青年が持ってきた陶器の壺にはバターの代用品……ブリジットさん曰《いわ》く〝グクのカッタ〟が入っていた。味見をすると、口の中に何とも言い難《がた》い独特の癖《くせ》が広がった。風味がチーズに近い。

最低限の材料さえあれば。そんな考え方、甘かった。最低限の材料でさえ、相応しい物を揃《そろ》えるところから始めなければならないのだった。当たり前にしていた料理ですらままならない。

ここが、私の知る世界ではない以上は。

唇《くちびる》を噛《か》んでブリジットさんの方を振り返る。私の表情を見たブリジットさんは苦々しげに微笑《ほほえ》んで手を差し出してきた。悔《くや》しいやら情けないやら、言い表しがたい気分でブリジットさんの手を握《にぎ》り返すと、まず最初に「やっぱりか」という気持ちが伝わってきた。

——異世界から来たって聞いて、そうなるんじゃないかと思ってた。

——……ごめんなさい。折角《せっかく》、時間を割《さ》いていただいたのに。

——謝る必要なんかないよ、あんたが悪いわけじゃないんだから。未知の食材を前にしちゃ、一晩じゃどうしようもないだろうねえ。

ブリジットさんは「ううん」と呻って視線を落とし、ややあって勢いよく顔をあげた。

——あんた、多少食事の時間が遅《おく》れても平気かい？

——へ？　は、はい。

——わかった。明日の朝、少し遅《おそ》くはなるけれどあんたの部屋に迎《むか》えをやるから。食事しながら食材について説明するよ。その方がわかりやすいし効率的だ。

朗《ほが》らかな笑《え》みと共にそう言われ、一瞬《いっしゅん》どういう意味かわからず目を瞬かせる。彼女の台詞《せりふ》が〝朝食の誘《さそ》い〟だと遅まきながら気づいた途端、喜びと感謝の念が一気に込み上げてきた。

――ぜ、是非《ぜひ》！　ありがとうございます、よろしくお願いしま、す……。

反射的によろしくお願いしてしまった直後、ふと視界にコンさんとトイの顰《しか》め面《つら》が映り、高《こう》揚《よう》した時と同じくらい急速に気分が沈《しず》んだ。

思えば私は痴女扱《ちじょあつか》いされている身だった。そんな人間と共に食事をするなどどんな目で見られるかわからない。料理長という責任ある立場なら尚更《なおさら》だ。恐《おそ》らく初めて私を人間として対等に扱《あつか》ってくれた人に迷惑《めいわく》をかけてしまうのは避《さ》けたい。

手を通して感情が伝わったのかブリジットさんは眉《まゆ》を顰《ひそ》めたが、すぐに笑みを浮《う》かべてみせた。

――遠慮《えんりょ》することはないよ。第二調理室は城で働く者達の料理を担当しているんでね、あたし達料理人が食事する頃《ころ》には周りはとっくに食べ終わって仕事へ向かっているから。じゃあ明日の朝だ。いいね？

有無《うむ》を言わせない言葉に気圧《けお》され、思わず頷く。

それを確認してブリジットさんは視線を周囲へ向け「今夜のところは解散」といった旨《むね》を伝えた後、ぱっと私の手を離した。そして何やら凶悪《きょうあく》な光を帯びた目でコンさんを見やり、内容はわからずとも威圧感《いあつかん》や含《ふく》んだ棘《とげ》がはっきり感じ取れる声色《こわいろ》で何事か話しかけた。コンさんの表情を窺《うかが》うものの、その微動《びどう》だにしない顰め面からは何も伝わってこない。

一歩引いた場所で成り行きを見守っていたレーガン様がため息を吐き出し、私に向かって軽く手招きをしてきた。ブリジットさんが放出している威圧感が恐ろしいのもあって、呼ばれるまま素直《すなお》に近づくと、当たり前のような自然さで手を取られる。

——解散するなら早々に行くぞ。〝火婦人〟が殺気立っている。随分《ずいぶん》と立腹しているようだな。

——火婦人？

——ブリジット・ランビリズマの通り名だ。

それはまた随分とわかりやすい通り名だ。そっと振り返って彼女の様子を窺う。癖の強い赤毛もそうだが、憤怒《ふんぬ》に燃える瞳《ひとみ》も威圧感漂《ただよ》う雰囲気《ふんいき》も〝火〟の名に相応しい苛烈《かれつ》さだ。やはりこの女性、第二調理室の料理長ではなくクウェンティン軍幹部か女王様だったりするのだろうか。

レーガン様は「あながち間違いでもないな」と勿論口に出さず心の中で呟《つぶや》き、眠《ねむ》たげに眉間《みけん》に皺《しわ》を寄せた。そして護衛達に目配せをして調理室の扉《とびら》の外へと歩き出す。護衛の兵士達は彼に従って動き出し、それ以外の周囲にいた人間は皆揃《みなそろ》って頭を下げ〝第一王子〟を見送った。

一度私の客室に寄ってもらい、寝間着《ねまき》に着替《きが》えた。それから昨日と同じようにレーガン様の寝室へ向かう。……多くの目に晒《さら》されながら異性と共に寝室へ入るというのがどれだけ気まずいものか思い知った。穴があったら入りたい。

そういった思いもしっかり聞こえているはずだろうに、気まずさの原因である男は何一つ言わない。無言のまま羽織っていた外套《がいとう》を脱《ぬ》ぎ、寝台《しんだい》へ直進した。細かい刺繍《ししゅう》の施《ほどこ》されたいかにも高そうな衣服に思い切り皺が寄っている。

制服を着たまま寝て酷《ひど》い目にあった記憶《きおく》が蘇《よみがえ》り、眉を顰めて投げ出されたレーガン様の手を握《ね》った。と、その手を引っ張って強引《ごういん》に寝台の上に引きずり込まれた。暴れる手足をあっさり搦《から》め捕《と》られ、気づけば昨夜と同じ抱《だ》き枕《まくら》かと思うような体勢で後ろから抱え込まれていた。

——って、いやいやいやいやいや！　何しているんですか破廉恥《はれんち》！……じゃなくて、糊《のり》のきいた衣装がしわしわになっちゃいますから着替えたらどうですか！

——眠い。とにかく眠い。もっと早くに仕事を終わらせるべきだった。

その台詞を思うと同時に鬱々《うつうつ》とした感情が繋《つな》いだ手を通して伝わってくる。

……昨夜もそうだったが、寝る時になって色々考え過ぎるから眠れないのではないだろうか。不眠症《ふみんしょう》の仕組みは私にはよくわからないが、少なくともレーガン様の場合は頭を空っぽにして目を瞑《つぶ》って黙《だま》っていればそのうち眠れるのではないだろうか。現に昨夜は世間話をしている間に気がついたら眠っていたようだし。

私の頭上でふう、とため息がこぼれ落ちた。

——世間話というより一方通行の話を聞き流していただけだった気もするが。……なら何か話せ。

——突然《とつぜん》言われましても。

——昨夜は延々一人で喋《しゃべ》り倒《たお》していただろうに。……ああ、そうだ。マドレーヌとやらはどうなんだ。材料を確認して終わったところを見る限り難しいのか。

世間話として振《ふ》られた話題に、今度は私が鬱々とした気分に陥《おちい》った。

難しいどころではない。似た材料を見つけられても成分やら何やらは私の知るものとは全く異なる物体なのだろう。普通《ふつう》にマドレーヌの作り方をなぞったとしても、同じように出来上がるのかわからない。何故《なぜ》に調理室で材料を見るまでその可能性を思いつかなかったんだ、私は。

……もう考えるのはやめよう。このままでは私の方が眠れなくなる。

——色々模索《もさく》するといい。完成したら持ってこい。香《こう》代わりにする。

——はあ。まあ、昨日のお菓子《かし》よりは匂《にお》いも強いかもしれませんが……。

またしても懲《こ》りずに嫌《きら》いな菓子を枕元《まくらもと》に置いて眠ろうとしているとは、やはりえむなのか。

流石《さすが》に何度も考えていると〝えむ〟が被虐嗜好《ひぎゃくしこう》のことだと伝わったらしく、頭の天辺《てっぺん》を顎《あご》で一撃《いちげき》された。そのままぐりぐりと顎で頭部を抉《えぐ》られる。

——あらぬ疑いをかけるな。今のところ、お前と菓子くらいしか睡眠《すいみん》との繋がりが見えてこないのだから仕方がないだろう。

——あだだだだ、痛いです痛いです、わかりましたわかりましたからその攻撃《こうげき》やめてくだけど！　本当に一つ何度でもしやすいんだ、私は！

だいい地味に痛い！

――妙《みょう》なことばかり言うからだ。頭を空にするとはよく言ったものだ。道理でお前はよく眠れるはずだ、羨《うらや》ましい。

――失礼な！　私だって色々と悩《なや》んであだだだだ！

簡単に睡眠が手に入る人間を心の底から羨ましがり同時に妬《ねた》んでもいるようで、無言のままぐりぐりと顎で頭部を抉られ続けた。腹に回された手にがっちり捕《と》らえられているせいで、いくら暴れても全く身動きが取れない。

ひとしきり攻防《こうぼう》を繰《く》り広げているうち、疲《つか》れ果てて言葉も出なくなった。気づけば繋いだ手から一切《いっさい》感情が伝わってこず、頭の上で微《かす》かな寝《ね》息《いき》が聞こえた。

深々とため息を吐《は》き出し、目を閉じる。今日もまた精神的にきつい一日だった。コンさんの日本語の罠《わな》、第一調理室の料理長のおっさん、マドレーヌ製作の壁《かべ》。唯一《ゆいいつ》ブリジットさんという面倒《めんどう》見《み》のいい人と出会えたことだけは幸運だった。

明日の朝、食事の前に迎えを寄越《よこ》すと言っていたが――ああ、そういえば食材の検証にばかり気が向いていて思いつかなかったが、彼女と一緒《いっしょ》に食事をするということはつまりコンさんやトイとの罠だらけの食事をしなくてもすむじゃないか。

普通に、何の警戒《けいかい》も緊張《きんちょう》もせず食事が出来る。たったそれだけのことが途《と》方《ほう》もなく嬉《うれ》しい。強烈《きょうれつ》な安堵《あんど》が込み上げると同時に眠気《ねむけ》が思考を攫《さら》ってゆく。ささやかに高揚した心も、どろりとした渦《うず》に飲み込まれて沈んでいった。

第二調理室から茉莉とレーガンが去ってゆくまで頭を下げていた一同は、彼らの足音が聞こえなくなるまで待った後ゆっくりと上半身を起こした。先程《さきほど》から殺気じみた空気を漂《ただよ》わせているブリジットは真っ先にバレットを睨《にら》み付けた。

「とりあえず、どういうことか説明してもらおうか？　宮廷魔術師《きゅうていまじゅつし》バレット・コンスタンス」

〝火婦人〟の異名に相応《ふさわ》しい威圧感を放ち、低い声で問いかけるブリジット。バレットはため息を吐き出し、淡々《たんたん》とした声で問い返した。

「説明とは何のことです？」

「とぼけても無駄《むだ》だよ。あんたと……それにトイ・フェルも関《かか》わってるね？　あんた達、第二調理室が作った料理で何をした？」

無条件でひれ伏《ふ》したくなる鋭《するど》い眼差《まなざ》しに、トイは青ざめながらも果敢《かかん》にブリジットへ向けて怒《いか》りに満ちた声を張り上げた。

「第一王子の寝室《しんしつ》に現れた不審者《ふしんしゃ》の身元を明らかにしようとすることの何が悪いと言うのです？　いくら睡眠に心を奪《うば》われているからとはいえ、レーガン様の行動は紛《まぎ》れもなく危険極《きわ》まりないものです。その分周りが細心の注意を払《はら》うのは当然でしょう！」

「そうだね、それについてはあたしだって異論はないよ。王族の安全が第一だ。けれど食事に罠を仕掛《しか》ける必要が何処《どこ》にあった？　あの優秀《ゆうしゅう》な魔法《まほう》円だけで十分間に合っているはずだろう」

ブリジットの部下である料理人のホイットは、ブリジットの言葉を聞いて眉《まゆ》を顰《ひそ》めた。

バレットの顰め面を真っ直《す》ぐに見据《みす》え、ブリジットは話を続ける。

「何もかも手に取るように伝わるねえ、あの魔法円。……異世界に放《ほう》り出された娘《むすめ》の不安と理不尽《ふじん》な仕打ちへの憤《いきどお》りが手に取るようにわかって、正直こっちの世界の人間として恥《は》ずかしかったよ。あんた達、よくもあんな真似《まね》が出来たものだね」

食べ方のわからない料理を説明もせずに出し、反応を窺《うかが》う。茉莉自身は自分の立場の弱さから〝そうされても仕方がないかもしれないが〟という言い方をしていたが、食に携《たずさ》わるブリジットにしてみれば下劣《げれつ》な行為《こうい》だと嫌悪感《けんおかん》を覚えた。人間食べなければ生きていけない。それをそんな風に利用するなど、冗談《じょうだん》ではない。

バレットは眉間の皺を押さえ、ため息をついた。

「貴女《あなた》は知らないでしょうが、王子の寝室に召喚《しょうかん》の痕跡《こんせき》はありませんでした。あの娘《こ》が異世界人であることは絶対にありえない。心の制御《せいぎょ》に秀《ひい》でた食わせ者か、もしくは異世界人だと強く思いこんでいる不審者か。どちらにせよ、一刻も早く企《くわだ》てを暴《あば》く必要があります」

「〝絶対にありえない〟？　宮廷魔術師とは思えない台詞《せりふ》だねえ。魔術《まじゅつ》には未《いま》だ結論の出ない謎《なぞ》が多い。全《すべ》て知っている気になって、考慮《こうりょ》もせず可能性を排除《はいじょ》するのは早計じゃないのかい？」

「貴女に魔術の何が――」

「一般人程度《いっぱん》の知識しかないねえ。まあ自分の魔術が導いた結果を無視している時点で、あんたも無知なあたしと大差ないさ」

きっぱりと言い切った言葉に、トイが「何てことを！」と悲鳴じみた声をあげた。いかに茉莉が不審かまくし立て始めたトイをひと睨みして黙らせた後、ブリジットは再びバレットを見据えた。

「あの娘の調査は続ければいい。けれど食事に限っては今後あたしが面倒《めんどう》を見る。……あんた達の罠が〝誰《だれ》もが知っている毒性のある食材を食事に出して反応を窺う〟ところまで悪化する前に気づけてよかったよ」

「何を馬鹿《ばか》なことを」

「〝馬鹿なこと〟？　不信感が積み重なればどうなるか、あんたは知ってるはずだろう。……よぉく考えな。それでもまだわからないなら、本当の馬鹿はあんたの方だよ」

そう冷ややかに言い捨て、ブリジットは第二調理室を出て行った。料理人ホイットは慌《あわ》てて彼女の後を追っていったが、すれ違《ちが》い様バレットとトイに嫌悪感たっぷりの目を向けていった。

あっという間に足音は遠ざかり、バレットとトイは静寂《せいじゃく》の中に取り残された。ブリジットへの怒りをまだ燻《くゆ》らせているトイは勢いよくバレットを見上げ、そして彼の表情が何処か苦々しげであるのに気づき目を見開いた。

「こ……コンスタンス様？　火婦人の言うことなど気にする必要はありませんわ。実家がどうあれ、今の彼女はただの料理長ですもの。本当になんて人でしょう、レーガン様の安全も考えず好き勝手言って――」

「……、ええ、全くです」

第一王子の安全は何よりも優先すべきだ。クウェンティン国に仕える身として、いち個人としてレーガンを案じている者として、身元も何も定《さだ》かではない茉莉の存在を見逃《みのが》すわけにはいかない。レーガンが眠《ねむ》りを求めるあまり不審者へ深入りしすぎる前に、何としてでも正体を暴く必要がある。

自分の行動の正しさには確信がある。だがそれでも、ブリジットの言葉は客観的に自分を振り返らせるだけの効力があった。

不信感が積み重なればどうなるか、確かにバレットはよく知っていた。そして〝彼〟から他人を信じる気力を根こそぎ奪っていった人間達を自分はどういう目で見ていたかも思い出した。

——明らかに壊《こわ》れかけている心を平気で踏《ふ》みつけてゆく、とてもおぞましいもの。理解したい、したくもない、同じ心を持つ人間とは思えない生き物。

彼女の目にもそう見えていたのだろう。この世界の人間が、得体の知れない生き物の群れに。

二章
Chapter 2

夢を見た。
声が嗄《か》れるまで泣き喚《わめ》く、そんな夢。

ぱちりと目が覚めた。目覚ましは要《い》らない。体は〝この時間〟が起床《きしょう》して家族の朝食と弁当を作る手伝いをする頃合《ころあ》いだと知っている。たとえマドレーヌを沢山《たくさん》焼いていて就寝《しゅうしん》したのが深夜だったとしても体に刻み込まれた習慣が狂《くる》ったりなどしない。そう、私なら出来る。まとわりつく甘い微睡《まどろ》みに負けず、すぐに起きて行動を始められる……！　あれこの自己暗示、前にも言った覚えがあるような……ってこれもまた言った覚えがあるような……気のせいにしては既視感《きしかん》が強すぎる。
しかし今日もまた夢見が悪かった。ここ数日ずっと嫌《いや》な夢ばかり見ている気がする。夜遅くまでマドレーヌを焼いて、何やかんやで人間抱《だ》き枕《まくら》になって……うん、流石《さすが》夢だ。意味がわからない。

起きたら妹に話してみよう。あの子なら面白《おもしろ》がって笑い飛ばしてくれるはずだ。

そういえば今目が覚めたということは、つまりあの子が今朝元気に登校していったのも夢だったのか。そこまで考えてふと、昨夜はあの子の咳《せき》で起きなかったと気がついた。

穏《おだ》やかに眠れた夜だったのかと安心するよりも、咳を聞き逃《のが》してしまったのではないかという不安の方が先に立った。すぐさま飛び起きて周りに視線を走らせると、隣《となり》に掛布団《かけぶとん》にくるまった膨《ふく》らみを見つけた。

「も——百日？」

ただ眠っているだけならいい。恐《おそ》る恐る声をかけると、小さな呻《うめ》き声と共に——深い群青《ぐんじょう》色の髪《かみ》をした青年が掛布団から顔を覗《のぞ》かせ、眠たげな目でじっと私を見つめた。

見知らぬ男性の姿にぎょっとして仰《の》け反《ぞ》った瞬間《しゅんかん》、手が寝台《しんだい》の端《はし》からずり落ちて体が大きく後方へ倒《たお》れた。背中と後頭部を強《した》かに床《ゆか》に打ち付け、再び白い夢の世界へ意識が飛びかけた。

痛みと共に奇天烈《きてれつ》な夢は夢ではなく現実であること、そして昨日の朝も似たような失態を犯《おか》したことを思い出した。

当然物音を聞いて衛兵二名が寝室《しんしつ》に駆《か》け込んできて、寝台脇《わき》に転げ落ちている私を見て揃《そろ》ってため息を吐《は》き出した。……日増しに反応の呆《あき》れ加減が強くなっていないか？

寝台から未だ眠たげな顔でこちらを覗き込んできたレーガン様もまた、衛兵達と全く同じ呆れたため息を吐き出した。睡魔《すいま》に負けて上等な正装を惜《お》しげもなく皺《しわ》だらけにしてしまった男に呆れられるのは、妙《みょう》に納得《なっとく》がいかない。

無言で差し出された手を取り、ひとまず体を起こす。背中と後頭部の痛みに、柔《やわ》らかい寝台に顔を埋《うず》めて呻く。

――打ち所が悪くないか、念のためバレットに診《み》させるか？

――だ、大丈夫《だいじょうぶ》です。お気遣《きづか》いは有り難《がた》いですがコンさんは治すどころか止《とど》めを刺《さ》しに来そうなので嫌です。

大体、悪夢を見たなら原因は間違《まちが》いなくコンさんだ。足の小指を箪笥《たんす》の角にぶつけて粉砕《ふんさい》骨折するといい。この世界に箪笥があるのかどうかは知らないけれど。

コンさんの対応が厳しくなっている主な理由である目の前の男は、ため息を吐きながら「窘《たしな》めれば窘める程要らぬ勘《かん》ぐりをするからな、あの堅物《かたぶつ》は」と心の中で呟《つぶや》いた。口調こそ素《そ》っ気ないが、しっかり性格を把握《はあく》している感じが付き合いの長さを表しているようだ。

――まあ窘めるのが逆効果なのは薄々《うすうす》察してましたし。それより何より真剣《しんけん》に帰還《きかん》の術《すべ》の調査をするよう言ってやってください。この上調査までいい加減じゃあ何のために痴女《ちじょ》呼ばわりに耐《た》えているんだかわからな……ごほん。

ひたすら増幅《ぞうふく》してゆく憤《いきどお》りを咳払《せきばら》いで振《ふ》り払った。朝早くからカリカリするのは気分が悪い。それに今朝《けさ》はいつもとは違うのだ。火婦人……ブリジットさんから朝食に誘《さそ》われている。あの総若白髪《わかしらが》と腹黒メイドに監視《かんし》されながら罠仕込み料理を食べなくてもいい、ただそれだけのことで心が軽くなる。

――うふふふふ。では私客室に戻《もど》ります！　朝ご飯朝ご飯、普通《ふつう》の朝ご飯！

――……。二度寝《にどね》していけと言っても無理そうだな。まあいい、単独で眠れるか試《ため》してみる。

……しかし、バレットもいくらか冷静になっていると思うぞ。昨夜の火婦人の様子を見る限り、恐らくきつく絞《しぼ》られただろうから。

本当に何者なんだあの女性は。気になりはしたが話しているとそのうちコンさんが朝の安否確認《かくにん》にやってきそうだったので、本人に直接聞くことにした。

立ち上がると打ち付けた背中が微妙《びみょう》に痛む。眉間《みけん》に皺を寄せて痛みが引くのを待っている間、ふとレーガン様が私に問いかけた。

――そういえば〝モモカ〟とは何だ？

――うん？……ああ、私口に出して呼んでましたか。百日は私の妹の名前です。ちょっと寝ぼけて、異世界だということをすっかり忘れていました。隣にいるのは百日だと思っていたらレーガン様で吃驚《びっくり》しましたとも。

――そうか。お前のことだから菓子《かし》の名前かと思った。

私を何だと思っているのだろうこの男。……ああ、抱き枕か睡眠《すいみん》導入剤《ざい》か。

自分の在り方に若干《じゃっかん》の虚《むな》しさを覚えつつも、穏やかな食事のために早々に寝室を後にした。

時間が早過ぎたためかコンさんと出くわすことはなかった。

自分に割り当てられた客室に戻ると、トィが暗い表情で窓辺に佇《たたず》んでいた。彼女は顔を窓の外へ向けているが、漂《ただよ》う雰囲気《ふんいき》は鬱々《うつうつ》と沈《しず》み、今にも窓から身を投げてしまいそうなものだった。人間誰《だれ》しもふさぎ込む時はある。だが何故《なぜ》他人の部屋でそれをやる。気まずいだろう。

「え……えーと。は、早まるなー。君はまだ若いぞー」

言葉の意味が通じないのはわかっているので、出来る限り穏やかな声で話しかけながら相手を刺激《しげき》しないよう一歩ずつ距離《きょり》をつめる。窓枠《まどわく》にかかったトィの手に触《ふ》れると、彼女はどんより曇《くも》った目で私を見やった。

——本当に恐ろしい女ですわね。滞在《たいざい》初日でレーガン様を、二日目にして火婦人を味方につけるとは。

——王子様と並べる程《ほど》の重要人物なの⁉

やはり第二調理室料理長とは仮の姿で、何かしら裏の肩書《かたが》きを持つ女性なのだろうか。驚愕《きょうがく》する私の顔をじっとりと見つめ、トィはため息を吐き出した。

——ええ、ええ。第二調理室料理長ですとも。ただ少ぉし実家と親類縁者《えんじゃ》と本人の影響《えいきょう》力が特殊《とくしゅ》なだけで。レーガン様をお守りしなければならないのにとんだ邪魔《じゃま》が入って……貴女《あなた》なんて絶対怪《あや》しいのにっ！　それなのにそれなのにそれなのにっ！

わあっ、と泣き出すトィ。人間の泣き声に翻訳《ほんやく》機能は必要ない。私の知る世界と同じものだ。だからといって「絶対怪しい」とまで言い切られては慰《なぐさ》めの言葉など見つけられないし、まして「そうだねー気の毒にー」なんて口が裂《さ》けても言えない。泣きたいのはこっちの方だ。

しかし目の前で身投げされても後味が悪いので、泣き伏《ふ》すトィの腕《うで》をしばらく掴《つか》んだままにしておいた。


日が昇《のぼ》り始めたばかりで薄暗《うすぐら》かった空が澄《す》み切った青色へと変わった頃《ころ》、不意に扉《とびら》を叩《たた》く音が客室に響《ひび》き渡《わた》った。同時に外から朗《ほが》らかな青年の声がかかる。

途端《とたん》、それまで泣き伏していたトィは姿勢を正し、鼻をすすりながら速い足取りで扉の方へ向かった。丁寧《ていねい》に取っ手を捻《ひね》り扉を押し開くと、そこに立っていたのは昨夜ブリジットさんの隣にいた料理人、ホイット青年だった。

彼はトィの姿が視界に入ると思い切り眉《まゆ》を顰《ひそ》めたが、すぐに視線を背《そむ》け私の方へ手招きをした。呼び寄せられるまま近づくと、ホイット青年は人の良さそうな笑《え》みを浮《う》かべて手をこちらに差し出した。思えば彼とは昨夜碌《ろく》に会話しなかったなと思いながら、差し出された手を握《にぎ》り返す。

——ええと……おはようございます。昨夜は遅《おそ》い時間にも拘《かか》わらずお付き合いいただきありがとうございました。改めて初めまして。りんど……おっと、茉莉・林道と申します。

——おお、すげえ、本当に声が聞こえる。えー、俺はホイット・ウィンズロー、第二調理室の料理人だ。ホイットと呼んでくれ。

——あ、はい。わざわざ迎《むか》えに来ていただいてありがとうございます、ホイットさん。よろしくお願いします。

——呼び捨てでいいって。表に出す声じゃないんだ、気軽に話そうぜ。さて、じゃあ料理長も待ってるし、早速《さっそく》食堂行こうか。腹減った！

心躍《おど》らせながら、私の手を引いて歩き出すホイット青年。監視役の兵士達とトイが無言で後を追ってきた。彼は背後をちらりと一瞥《いちべつ》し、怒《いか》りの感情を滲《にじ》ませた。

——ち。来なくていいのに。よりによって食事に監視とか罠《わな》とか、冗談《じょうだん》じゃねえ。魔術《まじゅつ》で〝白〟って出てるんならそれで納得しろっつの……ていうか何だあの魔《ま》法《ほう》円？　年頃《としごろ》の女の子の肌《はだ》に魔法円刻むってあの宮廷魔術師《きゅうていまじゅつし》マジでどうしようもねえな下種《げす》め。

——ホイット、出てる出てる。色々出てる。

——えっ。……まあ、うん。ここだけの話でよろしく。俺は料理人だから、食事に悪意が混じるの大嫌《だいきら》いだ。

——うん。私も嫌《きら》い。……ありがとう。

疑われているからそうされて当たり前と思って飲み込もうとしても、やはり苛立《いらだ》ちは消しようがない。今まで痴女や不審《ふしん》者扱《あつか》いもしくは物扱いする人間ばかり周りにいた分、第三者が

〝人間に対する扱い方〟を憤ってくれるのは嬉《うれ》しい。
昨夜といい今朝といい、じわじわ涙《なみだ》が込み上げそうになった。堪《こら》えきったつもりだが、鼻を
すする音が聞こえて一瞬《いっしゅん》心臓が跳《は》ねた。……鼻を啜《すす》る音は、私より前方……ホイットの方から
発せられていた。
使用人用の食堂は、昨夜案内された第二調理室の斜向《はすむ》かいにあった。学校の体育館一つ丸ご
と収まりそうな広い部屋で、長いテーブルがいくつも並べられている。食事している人の姿は
疎《まば》らで、殆《ほとん》どは食事を終えて自分の仕事場に行ったらしい。食堂に漂う香《こう》ばしい料理の匂《にお》いが
鼻をくすぐり、思わず唾《つば》を飲み込んだ。
既《すで》に席についているブリジットさんが食堂に入ってきた私達を振り返り、笑顔で手招きをし
てきた。彼女の視線を辿《たど》って周りに座っている他《ほか》の料理人達も一旦《いったん》食事する手を止め、こちら
へ目を向けてきた。
集中する視線に緊張感《きんちょうかん》を覚えたが、ホイットに手を引かれ料理人達の集まるど真ん中、ブリ
ジットさんの隣《となり》に着席させられた。もう一方の隣の席にホイットが座り、私達の後ろを歩いて
いた兵士達とトイをちらりと一瞥した。
トイは眉を顰めながらもその場に留《とど》まり、兵士達と並んでこちらを厳しい目つきで睨《にら》んでい
る。普通、鎧兜《よろいかぶと》と愛らしいメイドの組み合わせなど違和感《いわかん》この上ない光景だろうに、何故だろ

う、恐《おそ》ろしく馴染《なじ》んで見える。

ホイットが魔法円の刻まれた手を離《はな》し、今度はブリジットさんが握った。彼女はぐるりと周囲を見回し、簡単に私の紹介《しょうかい》をした。ただ〝噂《うわさ》の不審者〟〝異世界人〟という身分は簡単に流せるものでもなく、周囲は好奇心《こうきしん》に満ちた目でこちらを見ている。

ブリジットさんは更《さら》に私が料理の食べ方や食材の解説等を必要としているため、ここに連れてきたと説明した。

異世界料理を再現、のくだりで料理人達の目がぎらりと光った気がした。怖《こわ》い。

手短に説明を終えると、料理人達はそれぞれ食事を再開した。緊張《きんちょう》し過ぎて見る余裕《よゆう》がなかったが、テーブルには様々な料理が並んでいた。中には見覚えのあるコンさんやトイが持ってきたものと同じスカスカのパンもあったが、得体の知れない黄緑がかった色の液体が入った器《うつわ》が置いてあったりと、私にはさっぱりわからない物が大半だった。

ブリジットさんに手を引かれ、ひとまず料理を取りに行く。広間の端《はし》にあるテーブルに、料理を盛った大皿がいくつもまとめて置かれていた。どうやら食べたい物を小皿に取るバイキング形式らしい。

殆どの人が食事を終えた頃合《ころあ》いにも拘わらず、料理からは未《いま》だ湯気がたちのぼっていた。火の気があるのかと大皿の下を覗《のぞ》き込んでみたが、特に火の気はなかった。これも魔術というやつだろうか。

まじまじと観察していると、ホイットから皿を渡された。散々悩《なや》んだ挙句、全種類食べてみることにした。真っ当に私の話を聞いて真っ当に質問に答えてもらえる機会など、二度とないかもしれない。情報は少しでも多く獲得《かくとく》していこう。

幸か不幸か、今の私の精神疲労《ひろう》具合はかなりのものだ。作ることと食べることは私にとって最大のストレス解消法。今の私に敵はない。

自分の席と料理の載《の》ったテーブルを何度も行き来して全種類の料理を運んでいく。最後の一皿を手にようやく自分の席に座ると、気づけば周囲の人達から何故か哀《あわ》れみの目を向けられていた。

ホイットが涙の滲んだ顔でそっと私の手を握りしめた。

——可哀想《かわいそう》に。今まで満足に食わせてもらえなかったんだな？　あの加虐《かぎやく》趣味の宮廷魔術師とメイドのせいで。

——い、いや、罠はあったけれども量はきっちり貰《もら》っていたよ？

——そうだなっ、食べた気しないよなそんなもんっ！　思う存分食え！　足りなかったら俺が持ってくるから好きなだけ詰《つ》め込むんだっ！

涙ながらに料理の皿を押しつけられた。……この人の中でどんどんコンさんとトイが悪役と化していっているのだが、大丈夫《だいじょうぶ》だろうか。

ひとまず量も量なので早々に食事を開始した。まず手に取ったのは、やけに大きなおにぎりらしきものだ。お米らしきものを丸く握ってあるそれがテーブルに並んでいるのを見た瞬間《しゅんかん》、絶対にこれを一番はじめに食べようと決意していた。ああ何日かぶりのお米。心をときめかせながら両手で持ち上げてかぶりつこうとすると、ホイットとブリジットさんに慌《あわ》てた様子で口と手を押さえられた。

ブリジットさんは自分で持ってきていたおにぎりもどきを一旦深い器に移し、スプーンで割った。するとおにぎりの内側から黄金《こがね》色のスープが溢《あふ》れ出した。スープの熱さを表す湯気がいっぱいに立ち上る。

「お、おにぎりの中に液体っ⁉ えっ、何で、スープが入っているような感触《かんしょく》じゃなかったのに……！」

揚《あ》げてあったわけでも何でもない、単なるおにぎりだ。湯気の立つ程《ほど》熱々の液体を、長時間どうやって閉じこめておけるんだろう？

驚愕《きょうがく》する様子を物珍《ものめずら》しそうに見てくる周囲の料理人達。ブリジットさんは何やら楽しげに笑いながら、私の手を握った。

——これはカシェ。ここらでは一般《いっぱん》的な料理だよ。ブランっていう雑穀を炊《た》いてスープを包んだ料理だ。齧《かじ》り付いたら大火傷《おおやけど》していたところだよ。

——どうやってスープを包んだんですか？

——停止の魔術を使っている。専用の機械があってね。解除の方法も色々変えられるけれど、このカシェの場合は強い衝撃《しょうげき》が加えられるまで球状のまま停止するようにしてある。いつでも熱く、すばやく食べられるから旅の食事に持っていく人も多いよ。

なるほど、おにぎりというよりお茶漬《ちゃづ》けか。おにぎりが食べられなかったのは少々残念だが、お茶漬けでも十分嬉しい。というか米もどきの存在が嬉しい。米があればとりあえず生きていける。味噌《みそ》と醤油《しょうゆ》があれば尚《なお》良し。納豆《なっとう》を望むのはこの異国情緒《じょうちょ》溢れる世界では無謀《むぼう》だろうか？

ブリジットさんと話している間、ホイットは私の持ってきた皿からいくつか選び出してカシェの隣へ並べた。ブリジットさんはその皿を指差し、言葉を続ける。

――これ、カシェの側《そば》に置いてあっただろう？　カシェの上に盛る具だよ。あんたは全部持ってきたようだから、全部入れて豪勢《ごうせい》なカシェにしたらどうだい。

そう言って陽気に笑うブリジットさん。馬鹿《ばか》にするでも嘲笑《あざわら》うでもなく、まして異世界人の演技だと疑いもしない。温かな対応に、またしても泣き出したい衝動《しょうどう》に駆《か》られた。最近涙腺《るいせん》が緩《ゆる》くてどうしようもない。

衝動を誤魔化《ごまか》すように、ブリジットさんから手を離して自分の持ってきたカシェを深い器へと移した。

背中に突《つ》き刺《さ》さるトイの視線も何のその、ブリジットさんやホイットから説明を受けながら

どんどん食事を進めてゆく。年頃の女子として少々危機感を覚えたが気にしない。お陰《かげ》で料理の種類と食べ方、食材の知識をかなり丁寧《ていねい》に教えてもらえたのだから。

例えば見た目が強烈《きょうれつ》な赤い煮物《にもの》らしきもの。色からして辛《から》そうだったが、恐る恐る口にすると意外に甘い味付けだった。ブリジットさん曰《いわ》く、クウェンティン国で一般的な家庭料理らしい。肉じゃが枠《わく》だろうか。

そして最も記憶《きおく》に残っているのは、食べても大丈夫だろうかと思うような毒々しい青色をした具が沢山《たくさん》入ったスープだ。ただ見た目に反して、火が通ってもシャキシャキとした歯ごたえが残っていてなかなかに美味《おい》しかった。ブリジットさん曰く、青色野菜の名前はコルディ。煮て良し焼いて良し生で良しの人気野菜で、現在色を変える品種改良が試みられているらしい。

……そういえば青は食欲《しょくよく》を減退させる色だと聞いた覚えがあるけれど、どうやら世界共通だったようだ。

ちなみにあのテーブルの上に置かれていた得体の知れない黄緑がかった色の液体が入った器は、気がつくと空になっていた。……どう食べる物だったのか、そもそも食べ物だったのか、何となく恐ろしくて聞けなかった。

合間合間に、本題であるマドレーヌを作るための相談もした。ブリジットさんは他の料理人にも頻繁《ひんぱん》に話を振《ふ》っていったため、好奇《こうき》心旺盛《しんおうせい》な料理人達も巻き込んであれやこれやと熱っぽい言い合いになった。

こちらの世界にも焼《や》き菓子《がし》はあり、私の知る〝マドレーヌの作り方〟で間違《まちが》いなく〝マドレーヌ〟が再現可能との意見だった。ただ私自身で、私の思い通りのものを、寸分違《すんぶんたが》わず作るとなると話は別だ。オーブンではなく魔術《まじゅつ》を使用した焼き窯《がま》で、しかも自分の知る食材とは違《ちが》うものの組み合わせで私の思う通りに仕上がってくれるのかわからない。

解決する方法はただ一つ。実際にやって味を確かめ、感覚を摑《つか》む。それだけだ。

異世界へ来る前に大量製作したマドレーヌ。もしかしたら帰還《きかん》の鍵《かぎ》になるかもしれない菓子だが、実際に生み出すのは長い道のりになりそうだ。しかしコンさんがあの様子では本気で異世界について調べてるのか疑わしい今、自分自身で少しでも努力するしかない。

先行きのわからない不安にため息をつく。と、徐《おもむろ》にブリジットさんが言った。

――ならいっそ、マドレーヌ以外のものも作ってみたらどうだい。

――へ？

――マドレーヌは〝鍵〟かもしれない。けれどやっぱり魔術師《まじゅつし》の協力は不可欠だ。あの頭でっかちの堅物《かたぶつ》を納得《なっとく》させるために、異世界料理を再現してみたらいい。今日だけでも、あんたの知る食材に近いものは結構見つかったんだろう？

確かに、調理前の姿はわからないが味だけで言うなら似たものはたくさんあった。ブランとやらの米もどきも、多少旨味《うまみ》に欠けるが米と呼んで差し支《つか》えないものだった。あの米もどきだけでも何品か作れると思う。

ブリジットさんは朗《ほが》らかな笑《え》みを浮《う》かべた。

——おや、幸先《さいさき》がいいねえ。十日もここで食事をすれば、一般的な食材は大体把握《はあく》出来るよ。ああ、そうか、料理人見習いとして調理場にいればいいのか。調理前の食材を見るのも勉強になるしねえ。

——は、話が凄《すご》い方向に！

第一調理室料理長サンブラート、もといおっさんに、調理場に近づいただけで凄《すさ》まじく怒鳴《どな》りつけられたことが頭を過《よぎ》った。親切にしてくれるブリジットさんに、そこまで迷惑《めいわく》をかけるわけにはいかない。

咄嗟《とっさ》に浮かんだ感情が伝わったのかブリジットさんは眉《まゆ》を顰《ひそ》め、そして妙《みょう》に挑戦《ちょうせん》的な笑みを唇《くちびる》に浮かべた。

——なるほどねえ、サンブラートならやりそうだ。……でもあたしは遠慮《えんりょ》はしなくていい、と昨夜言ったはずだよ。それともあんた、痴女《ちじょ》だ不審《ふしん》者だと言われて悔《くや》しくないんだ？

——理不尽《りふじん》過ぎて常時腹が立っています。……う、この魔法《まほう》円、本当に漏洩《ろうえい》しっぱなしだ……いえあの確かに他人から見れば痴女か不審者でしょうけど、わかっていても私にだって感情というものが……。

——なら尚更《なおさら》、遠慮する必要はないだろう？　何を利用してでも自分の身元を明かして異世界の存在を認知《にんち》させようって気概《きがい》があるなら。道具も人間も材料も、全部第二調理室に揃《そろ》ってるよ。

不敵に言って、彼女は「どうする？」と言わんばかりに小首を傾《かし》げた。

無意識のうちに視線が背後に立つトィの方へと向かった。相変わらず一挙一動を見逃《みのが》すまいとする刺々《とげとげ》しい目をしている。

……疑われたままでは十二分に調査がされるとは思えない。ならば何を利用してでも自分の身元を明かして、異世界の存在を認知させる。何よりも、元の世界へ戻《もど》るために。

再びブリジットさんと向かい合い、彼女の手を強く握《にぎ》り返した。

――お言葉に甘えさせていただきます。これから、よろしくお願いします。

――こちらこそ。あんたが調理室に入れるよう色々手を回すのに少し時間がかかるから、それが終わったら早速《さっそく》働いて貰《もら》おうかな。あんたの世界の料理を楽しみにしているよ、マツリ。

お世辞でも嘘《うそ》でもない真っ直《す》ぐな言葉を紡《つむ》ぎ、豪快《ごうかい》な笑顔を見せた。

ブリジットさんはすぐさま周囲の料理人達に、私が明日から料理人見習いとして働くことを説明した。周囲がぽかんとしてブリジットさんと私の顔を見比べている。

……ふと振り返ると、トィが今にも卒倒《そっとう》しかねない顔色をしていた。

食事が終わり解散となったが、勉強のためにも引き続き食堂で食事をしようとブリジットさんに誘《さそ》われ、喜んで頷《うなず》いた。客室へ戻る足取りも軽い。気が緩むと鼻歌を歌いそうになる。

対してトイの動揺《どうよう》たるや。私を第二調理室に入れると聞いた後しばらく凍《こお》り付いていたが、その後ブリジットさんに詰《つ》め寄っていた。それもブリジットさんの一喝《いっかつ》で押し黙《だま》り、以降私とは正反対の落ち込み様で私の後ろを歩いている。兵士達の表情は兜《かぶと》に覆《おお》われていてわからないが、何となく雰囲気《ふんいき》が気まずそうだ。

客室に戻ってすぐ、忘れないうちにブリジットさん達から聞いた話を書き留めてゆく。記録として今日の日付を書こうとしてふとこちらの暦《こよみ》がわからないことに気づき、ひとまず「滞在《たいざい》三日目」としておいた。

まず真っ先にマドレーヌ再現のための問題点、材料の差違《さい》、クウェンティンの料理人達の意見と提案された代用品名を箇条《かじょう》書きにする。……しかしところどころ思い出せない部分があった。異国の複雑な響《ひび》きをした単語は覚えにくい。思えば私は英語の成績が頗《すこぶ》る悪い人間だった。今度からすぐに書き留められるよう紙と筆記用具を持ち歩くことにしよう。

わからないところはハテナで誤魔化し、とにかく覚えていることを書き進める方に集中する。ついでに菓子類の材料ではない食材も、私の世界の料理を再現するにあたって必要になりそうなので記録しておくことにした。青色野菜コルディ。正体不明の黄緑色をした物体。赤い煮物は一般《いっぱん》家庭料理。

「うん。悲しきかな語彙《ごい》力の乏《とぼ》しさよ。思えば国語系統も苦手だったな私は。絵で誤魔化そう。……色鉛筆《いろえんぴつ》が欲しいなあ」

「×××？」

「うわっ」

独り言に思いがけなく声が返ってきた。顔を上げると誰《だれ》もいないと思っていた真正面の席に座るコンさんと目が合い、大きく全身が跳《は》ねる。心臓がばくばくと激しく鼓動《こどう》する。いるならいると言ってくれたらいいのに。宮廷魔術師《きゅうていまじゅつし》の存在を無視するという行為《こうい》に真っ先に怒《いか》りだしそうなトイの姿を探すと、壁際《かべぎわ》に佇《たたず》んで厳しい目つきでこちらを凝視《ぎょうし》していた。先《さき》程《ほど》までの落ち込みぶりは何処《どこ》へいったのだろう。

じっとこちらを見ていたコンさんは、ふうと軽く息を吐《は》いて手を差し出してきた。しばらくその手とコンさんの顔を見比べた後、渋々魔法《しぶしぶまほう》円が刻まれた手で触《ふ》れた。

そうだ、ブリジットさんも言っていた。帰還には魔術師の協力が必要だと。昨日の朝のことは未《いま》だに腹が立つが、帰還の術《すべ》を探してもらう以上ぐっと堪《こら》えて受け流すのが大人の対応だ。

あちらが大人気《おとなげ》ない分、私がしっかりせねば。総若白髪《わかしらが》め。老いているのは頭髪《とうはつ》だけか。

——一体どのあたりが大人の対応なのかさっぱりわかりませんが。

——受け流す努力を試みているじゃないですか。……さて、今日も今日とて〝調査〟ですね？　やりましょう。ただまたブリジットさんからお誘いをいただきましたので、罠《わな》だらけの食事は遠慮します。

――知っています。火婦人が昨夜のうちから宣言していましたので。第二調理室で料理人見習いをすることもトイから聞いています。……全く、あの方は何を考えているのやら。

そう考えてため息をつく割に、何としてでも反対しようという気概は感じられない。〝何を言ってもブリジット・ランビリズマが一度決めてしまった以上は無駄《むだ》だ〟と確信し諦《あきら》めているようだ。……ブリジットさんの謎《なぞ》は深まるばかりである。段々聞いてはいけない禁忌《きんき》なのではないかという気がしてきた。

それにトイといいブリジットさんといい、一見何の関係もないように見えて実は繋《つな》がりがあるのだろうか。ふと浮かんだ疑問はコンさんにも聞こえているはずだが、説明はなく苦い顔をされただけだった。

まあ、聞いているなら話は早い。ごほんと咳払《せきばら》いをして、真っ直ぐにコンさんの目を見据《みす》える。手は握ったまま、しっかりと自分の口で言葉を紡ぐ。

「色々思うところもありますが、魔術師の知識が必要だというのも理解していますし協力していただきたいのは本音です。でもこの数日何を言っても作り話だの妄想《もうそう》だのと言われて、私が〝不審者〟である以上本気で取り合ってくれないのがよくわかりました」

「……××××?」

――嫌味《いやみ》ですか?

と、コンさんの意味不明な言葉に重なって、私にもわかる心の声が言う。

嫌味も何も、事実をそのまま口にしただけだ。片《かた》っ端《ぱし》から疑ってかかるのは王子を守るために必要な行動だというのも、やられる側の苛立《いらだ》ちやら腹立たしさやらは別にして、理解出来る理屈《りくつ》だ。

だがコンさんの〝異世界人などありえない〟という主張など知ったことではない。何と言われようと、何としてでも私の知る世界へ帰りたい。そのために魔術師《まじゅつし》の協力が必要だというのなら、自分の持ちうる全《すべ》てを使って〝異世界人〟だと理解させてやろう。

「異世界に来てしまった原因かもしれないマドレーヌを作って、ついでに私の世界の料理をそれっぽく再現して、全力で自分の身元を証明します。まあつまり、ざっくり要約しますと……今に見ていろ！」

繋いでいない手の方の指先をびしりと突《つ》きつける。私がその動作を起こすと同時にトイが身《み》動《じろ》ぎしたが、コンさんは彼女の方へ目をやらないまま掌《てのひら》を向けてトイを制止した。

これは宣戦布告。仕掛《しか》けられた罠に堪え忍《しの》ぶのはもうやめだ。私の人生で恥《は》じるところは一《いっ》切《さい》ない。犯罪者のように扱《あつか》われる謂《いわ》れもない。

コンさんは私の指先と顔を見比べ、ため息をついた。

――火婦人に焚《た》きつけられましたか。何故《なぜ》彼女の周りにいる人間は片っ端から暑苦しくなっていくのやら。……好きにしなさい。私は私の仕事をするだけです。……前もって言っておきますが、調査結果の捏造《ねつぞう》をする気はありません。それだけは魔術師の誇《ほこ》りにかけて誓《ちか》いましょう。

——何を突然《とつぜん》。……、ああ。そういうことですか。うわあ……引くわあ……。

調査結果を捏造してしまえば簡単に私を排除《はいじょ》出来る。そんな極悪《ごくあく》非道なやり口を思いつくとは何て恐《おそ》ろしい。

コンさんはむっとして眉《まゆ》を顰《ひそ》め「その気はない、と言っているでしょう」と繰《く》り返した。彼の突然の〝誓い〟が本気であるのは魔法《まほう》円を通して十分伝わってくるが、そんな当たり前過ぎて考えすらしなかった可能性に突如《とつじょ》気づかされた衝撃《しょうげき》は大きい。

今まで散々人を罠にかけてきた男だ。魔術師の誇りにかけてと心から誓っている以上、一応は信じるが、万が一レーガン様至上主義をこじらせて強硬《きょうこう》手段に出たその時は、すぐさまレーガン様に訴《うった》えよう。今回の件を見た限り、ブリジットさんにも相談した方がいいかもしれない。

ブリジットさんの姿を思い浮《う》かべた瞬間《しゅんかん》、僅《わず》かにコンさんの肩《かた》が強張《こわば》ったのを見た。……ますます彼女の正体が触れてはいけないものに思えてきて、自分で考えたことながら妙《みょう》に恐ろしくなってきた。

三章　Chapter 3

ブリジットさん達と毎日食事を摂《と》るようになって、かれこれ三日が経過した。突如異世界へ来てしまってから早くも六日が経《た》ち――。

「ここは何処⁉　百日は⁉　えっ誰？　侵入者《しんにゅう》？　変質者っ⁉」

――寝《ね》ぼけた頭が引き起こす混乱は、最早《もはや》朝の恒例《こうれい》行事と化していた。

寝室《しんしつ》を守る鎧兜《よろいかぶと》を纏《まと》った兵士達とレーガン様の安否を確かめに来たコンさんが揃《そろ》って騒々《そうぞう》しい物音を聞きつけ寝室へ駆《か》け込み、寝台《しんだい》から落下した私を発見。朝早く起こされるのにも一時存在を忘れられるのにも慣れたレーガン様が寝ぼけ眼《まなこ》で私に手を差し出す――までが日常となってしまった。

今後ヘルメットか何かを被《かぶ》って寝るべきか、真剣《しんけん》に検討中である。

以前はひたすら客室とレーガン様の寝室の往復だったが、あれ以来一日の流れが大きく変化した。迎《むか》えに来たホイットと監視《かんし》の目を光らせるトイや兵士達と共に食堂へ行き、食事をしながら色々と解説を受け、書き留めた諸々《もろもろ》の情報を丁寧《ていねい》に紙にまとめるという作業が加わった。

食後調査のためにやってくるコンさんは、何故か毎回私の作業が終わるのを待っていてくれる。勿論《もちろん》ただ親切で待っているわけではないようで、私の書きためた記録を読みながら文字の意味や文法について度々《たびたび》質問してきた。……日に日にコンさんの質問の内容が複雑化していき、今や私の学力でははっきりと答えられないことが増えてきた。一度聞いた答えは決して忘れず記憶《きおく》しているのも恐ろしい。総若白髪は伊達《だて》ではなかったのか。

トイに関しては相変わらず目線が厳しいものの、以前のように罠だらけの食事を共にすることもないので大分気楽だ。

共に食事をするブリジットさんやホイットが丁寧に説明をしてくれるので、毎日食事時はとても充実《じゅうじつ》した心地《ここち》になる。以前とは大違《おおちが》いだ。

共に食事をする第二調理室の料理人達も私の存在に慣れだしたのか、もしくはブリジットさんとホイットの好意的な態度に釣《つ》られてか、食事の合間合間に食堂に並ばない類《たぐい》の料理の話や珍《めずら》しい食材の話を聞かせてくれる。そういった交流もあって、他《ほか》の料理人達の顔と名前も徐々《じょじょ》に覚えてきた。

夕食時、並んだ料理の中でまだ食べたことのないものを一通り全部と、おにぎりもどき〝カシェ〟をそれぞれ器《うつわ》に盛っていく。

カシェはすっかり気に入ってしまって、ほぼ毎日食べている。盛る具を選べるので飽《あ》きもこない。食堂で食事を摂る人達の間でも、カシェの美味《おい》しい食べ方を探すのがちょっとした流行らしい。

ちなみに私は今回は甘辛《からから》く味付けされた肉と香味《こうみ》野菜を具にしてみた。肉に絡《から》んだタレと香草の癖《くせ》のある香《かお》りがスープに溶《と》け出して大層美味しい。

「どうにかしてカシェを魔術抜《まじゅつぬ》きで再現出来ないかな……。戻《もど》ったら家で作ってお母さん達の度肝《どぎも》を抜《ぬ》きたい」

熱いスープがご飯の外に染《し》み出すのを防ぐ方法さえ考え出せば何とか出来そうだけれど。

そんなことを呟《つぶや》きながら、料理の名前と味と使われている材料等々を忘れないように書き留める。同時に持ってきた料理を着々と食べ進めてゆく。

食堂で食事をするようになって精神的疲労《ひろう》も大分解消されたので、食べる勢いはずいぶん落ち着いた。……それでもちょっとばかり食べ過ぎな気がしないでもない。

カシェのおかわりは自重すべきかと悩《なや》んでいるうち、隣《となり》に座るブリジットさんが朗《ほが》らかな笑《え》みを浮かべ手を差し出してきた。その手を握《にぎ》ると、何となく楽しげな感情が流れ込んでくる。

──そりゃあ楽しいさ。作ったものをそれだけ美味しそうな顔で食べてもらえたらね。それにあんたは食べ方が綺麗《きれい》だから見ていて気持ちがいいよ。ふふふ。でもやっぱり大家族特有の食べ方だねえ。息子達《むすこ》が小さかった頃《ころ》を思い出すよ。

──息子さんがいらっしゃるんですか？

──ああ。旦那《だんな》も息子達も城で働いているよ。きっと次男のアルジャンとは会っていると思うよ？ あの子、王族の……大抵《たいてい》はレーガン様の警備を担当しているから。

そう言われても寝室を警備する兵士は鎧兜を被っているので、私が実際にブリジットさんの息子と会っているのか会っていないのか全くわからない。

ブリジットさんの息子達の存在も気になるが、私はそれ以上にブリジットさんの正体の方が気になって仕方がない。一体何者なんだろう。

と、考えた瞬間ブリジットさんが目を瞬《また》かせたので、コンさんやトイの恐れようを見て今まで聞くに聞けなかった疑問が流出してしまったことを悟《さと》った。

まずいことに触《ふ》れてしまったのではないかと緊張《きんちょう》する私とは裏腹に、ブリジットさんは愉快《ゆかい》そうな笑い声をあげた。

──そういえば、あんたから見れば相当異様だったかもしれないねえ。何、あたしは単なる第二調理室の料理長だよ。バレットやトイのことは、実家の関係で昔から知っているだけさ。

バレットとは誰《だれ》だっただろうか、と一瞬《いっしゅん》考えてしまったが、すぐにコンさんの名前だと思い出した。コンさんコンさんと呼びすぎて、バレットと言われると咄嗟《とっさ》に誰だかわからない。本名はバレット・コン……なんだったっけ？　まあいいか。

思い出すのを早々に諦《あきら》めて続きを促《うなが》すと、ブリジットさんは苦笑《くしょう》を浮かべつつ話を再開させた。

——アプランドル……クウェンティン国に武術と魔術《まじゅつ》を教える学校があってね。今では国の人材育成に一役買っている教育機関なんだ。で、ランビリズマ家の先祖は創設者の一人。代々有能な軍人を輩出《はいしゅつ》する家柄《いえがら》で、今も姉夫婦《ふうふ》が武術科の教師と寮長《りょうちょう》を務めている。で、バレット・コンスタンスとトイ・フェルはアプランドルの卒業生。

——なるほど。……あれ？　じゃあブリジットさんは元は城の料理長ではなくて、その学校の方で働いていらしたんですか？

——まあね。バレットは魔術科の生徒で、才能はずば抜けていたけれどかなり捻《ひね》くれた性格でねえ。周囲からの妬《ねた》みや嫌《いや》がらせが酷《ひど》くて、最終的に学校付近にあるランビリズマの家から学校に通っていたんだ。

あの頃に比べれば随分《ずいぶん》丸くなったものだよ、としみじみ言うブリジットさん。……確かに、今のコンさんは捻くれてはいない。ひたすら真っ直《す》ぐにレーガン様至上主義を拗《こじ》らせている。

——で、トイは武術科の生徒だったけれど、ほぼ自主的にランビリズマの家に転がり込んできたね。曰《いわ》く、尊敬するバレットの生活した場所で暮らしたかったんだとか。まああの子もあの子で周囲との軋轢《あつれき》が酷かったから認めたけれど。

——わあ強烈《きょうれつ》。

——執念《しゅうねん》だねえ。今やメイド兼隠密兵《けんおんみつへい》として信頼《しんらい》される優秀《ゆうしゅう》な部下なんだから。

さらりと〝隠密兵〟というトイの新たな一面が顕《あら》わになったが、別段驚《おどろ》きはなかった。寧《むし》ろ納得《なっとく》した。ただのメイドが臆《おく》しもせず兵士達と並び立ち、穴が空きそうな程《ほど》の殺気を放てるわけがない。極力気にしないようにしていた背後を振《ふ》り返ると、相変わらず厳しい顔つきでこちらを監視するトイと目が合った。

一体コンさんの何がそこまでトイを魅了《みりょう》しているのか、私にさっぱりわからない。顔は整っているかもしれないが、人生をかけてまで追いかけたいと思うものだろうか。

とにもかくにも謎《なぞ》めいた三人の関係性が明らかになり、ようやくそれぞれのブリジットさんへの反応に合点《がてん》がいった。王子であるレーガン様が第二調理室料理長のブリジットさんを評価していたのは実家が代々軍人を輩出する名家で彼女の身内が城に勤めているからか。

コンさんとトイに関しても話を聞く限り学生時代何やら色々やらかしていたようだし、ブリジットさんは頭が上がらない存在らしい。……それにしたってあの恐《おそ》れようは、一体何をやらかしてどんな風にお灸《きゅう》を据《す》えられたのだろうか。

ブリジットさんは意味深な笑みを浮《う》かべてみせただけだった。怖《こわ》い。

――ああ、そうそう。あんたの料理人見習いの件だけれどね、ようやく話がついたよ。早速《さっそく》明日の朝からおいで。

――えっ⁉　あ、は、はい！　よ、よろしくお願いします！

調理室に入れれば設備の扱《あつか》い方を学べる。コツが掴《つか》めれば私の世界の料理を作る日はすぐ目の前だ。ようやく近づいた希望に頭の中が占《し》められ、些細《ささい》な疑問は一つ残らず消し飛んだ。


夕食後、ブリジットさんから料理人見習いの制服と時計を渡《わた》された。こちらの世界の時計は私が知っているそれと大分違《ちが》う。掌《てのひら》に収まる大きさの丸い硝子《ガラス》板の中に、淡《あわ》い桃《もも》色の花が一輪閉じ込められている。夜は蕾《つぼみ》、朝から徐々に開き始め、昼に咲《さ》きほこり、日が暮れるにつれて蕾に戻るらしい。

聞くところによると花以外にも、時間によって色が変わる水を閉じ込めたもの等、様々な時計があるらしい。大雑把《おおざっぱ》な時間の表し方は考えようによってはのんびりしていていいかもしれないが、初出勤で遅刻《ちこく》はしたくない私にとっては不安なことこの上ない。ブリジットさんは「花が綻《ほころ》び始めた頃に仕事をし始める」と言っていたので、それより早めに調理室へ行っておこう。

ホイットは「仕事の前に客室まで迎えに行くか？」と言ってくれたが、気持ちだけ受け取っておいた。ホイットは料理人だ。仕事終わりに客室まで迎えに来てくれただけでも有り難《がた》いのに、仕事の前に大事な働き手の時間を割《さ》いてしまうのは流石《さすが》に心苦しい。ホイットのお陰《かげ》で食堂までの道は覚えたことだし、これからは一人で行けるようにならなければ。いざとなれば監視役の鎧兜《よろいかぶと》一号二号さんに道を聞けばいい。


夜が更《ふ》けると、客室まで迎えにやってきた兵士達と共にレーガン様の寝室《しんしつ》へ向かう。こればかりは六日経《た》っても慣れそうにない。気まずい。この二名の兵士のうちどちらかがブリジットさんの息子なのではないかと思う度《たび》、穴に埋《う》まりたくなる程の羞恥心《しゅうちしん》が込み上げる。

寝室の前まで来ると、扉《とびら》の両脇《りょうわき》を警備していた兵士達が私と共に来た兵士達に向けて軽く敬礼をし、その場を去っていった。

部屋に入る前に兵士達に持ってきたメモ帳とペンもどき、そして時間の確認《かくにん》のため硝子の花時計を見せておく。食事等の記録を書き留めるためメモ帳を持ち歩くようになって以来、寝室に入る前はこのやり取りを必ず行っている。不審《ふしん》物を持ち込まないよう警戒《けいかい》しているのだろう。

鎧兜のうち一人が花時計とメモ帳とペンもどきを受け取って軽く見回した後、無言で頷《うなず》いて返してきた。

「では、おやすみなさい……は違うか。お仕事お疲《つか》れ様です」

きっと伝わっていないだろう言葉を兵士達にかけて会釈《えしやく》をし、寝室の扉へ手をかけた。

豪奢《ごうしや》だが全く生活感のない冷ややかな部屋に人気《ひとけ》はなく、静まり返っている。正直、部屋の外に兵士がいなければ一人でいたいとはとても思えない雰囲気《ふんいき》だ。幽霊《ゆうれい》が出そ……いや駄目《だめ》だ考えてはいけない。怖がると余計に寄ってくるのだと誰かが言っていた。

ひとまず窓辺の席に座って、持ってきたメモ帳を広げた。食堂に出される料理や食材について説明が必要になる回数も大分減ったので、今知っている食材で何が作れるか一通り書き出してみる。

日本食なら何だろう。塩むすび、焼き魚、ちらし寿司《ずし》、茶碗蒸《ちやわんむ》し等々。思ったより色々作れそうだが、やはり物足りない。醬油《しようゆ》と味噌《みそ》の代用品が発見出来れば随分作れる物の幅《はば》が広がりそうだ。というより私があの味に飢《う》えている。

では和菓子《わがし》ならどうだろう。米もどきがあるくらいだ、餡《あん》の代用品に使えるような穀物もあるかもしれない。おはぎだ、お汁粉《しるこ》だ、羊羹《ようかん》……はどうだろう。そういえば寒天やゼラチンが使われていそうな料理は今まで一度も見かけなかったような……。

気づけば他《ほか》の諸々《もろもろ》を忘れ、料理名を並べ立てる作業に熱中していた。と、不意に扉が悲鳴じみた軋《きし》んだ音を響《ひび》かせて開け放たれ、びくりと全身が跳《は》ねた。持っていたペンもどきがぼたりと紙の上に落ちる。

部屋に入ってきたのは勿論《もちろん》レーガン様で、今日も今日とて疲労感《ひろうかん》の漂《ただよ》う虚《うつ》ろな目をしている。絵本に描《えが》かれた御伽話《おとぎばなし》の〝王子様〟は果たしてこんなに死んだ目をしていただろうか。運命のお姫《ひめ》様を見つけるよりも、労働基準法の見直しが必要そうだ。

レーガン様は寝台《しんだい》ではなく窓辺の席に座っている私を見やりため息をつき、ゆっくりとこちらへ歩み寄ってきた。前方の椅子《いす》に腰掛《こしか》け、慣れた動作で私の手に触れた。

──また書き物か。お前も熱心だな。……見れば見る程よくわからない字だ。

──そうですか？　コンさんは最近いくらか〝単語を目で覚えた〟そうで、私の料理記録メモも微妙《びみょう》に内容を把握《はあく》していましたが。

──あれと一緒《いっしょ》にするな。稀代《きたい》の天才と呼ばれる男だぞ？　学習能力は人並み外れている。

──あ、やっぱりそういう人でしたか。あんまり覚えが早いので実は総若白髪《わかしらが》の日本人なんじゃないかと一瞬《いっしゅん》思ってしまいました。鼻で笑われましたが。

さて、部屋の主《あるじ》も帰ってきたことだし、何より明日は待ちに待った料理人見習い初日だ、早々に寝《ね》よう。

一旦《いったん》レーガン様と手を離《はな》し、机の上に広げた紙を片付けて一纏《ひとまと》めにする。その間にレーガン様は何処《どこ》となくふらついた足取りで別室に入り、寝間着《ねまき》姿になって戻《もど》ってきた。真っ直ぐに寝台へ行って倒《たお》れ込んだが、ややあって枕《まくら》に顔を埋《うず》めたまま手招きをしてくる。

……この瞬間《しゅんかん》も、何日経ってもやはり気まずい。というよりも、慣れてしまったら終わりな気がする。

鈍《にぶ》い足取りで寝台へ行くと、私とは対照的にすっかり慣れた手つきで腰《こし》に手が回った。後ろから抱《だ》き込まれるいつも通りの姿勢になると、小さなため息と共に手が握《にぎ》られた。寝る前の世間話も習慣化している。

——火婦人から報告を聞いている。明日から第二調理室勤務だそうだな。

——勤務というよりはご厚意《こうい》で勉強の機会をいただいたと言うべきでしょうかねえ。でもお世話になっている分きっちり働いて返せるように頑張《がんば》ります！　ああ、そうだ、ここって挨拶《あいさつ》はどう言うんですか？

流石に挨拶くらいは手を繋《つな》がず直接言った方がいいだろう。六日間も滞在《たいざい》していて挨拶の一つも覚えていない自分に愕然《がくぜん》としたが、考えてみれば直接言葉で挨拶しあう人など周囲にいなかった。コンさんやトイは言わずもがな、鎧兜達は置物の如《ごと》く沈黙《ちんもく》を守り、レーガン様とは大体手を繋いで会話している。

今は甲斐甲斐《かいがい》しく世話を焼いてくれるブリジットさんやホイットがいて、手を繋いでいられないくらい大勢の人に囲まれているが、そういえば元々私の英語の聞き取り能力は壊滅《かいめつ》的だった。彼らと三日間食事を共にしただけでは身につかなかったらしい。

レーガン様は一度手を解《ほど》き、声をあげた。

「シィラーサ」

「し、しいらーさ」

「……。シィラーサ」

「しいらーさ」

頭上から小さな笑い声が聞こえてきた。……どうせならもっと大きな声で笑え、恥《は》ずかしい。

その後もいくつか日常会話を教えてもらったが、正直起きた時に覚えているかどうか怪《あや》しいところだ。私の学習能力は低い。六日でいくつか日本語が読めるようになったコンさんと比べると目も当てられない悲惨《ひさん》さだ。

曰《いわ》く「発音が子供のそれのように拙《つたな》い」らしい。言葉を復唱しているうち、ふと気づけばレーガン様の寝息《ねいき》が聞こえてきた。一人喧《やかま》しく練習を続けるわけにもいかないので、大人しく目を瞑《つぶ》って頭の中で教わった挨拶を繰《く》り返す。そうしているうちにいつの間にか眠《ねむ》りについていた。

＊　＊　＊

夢を見た。

見たはずだ。――寝台の外へ転がり落ちて後頭部を強《したた》かに打ち付けた時にはもう、忘れてしまったけれど。

寝室に駆《か》け込んできた鎧兜と私を見下ろす呆《あき》れ顔の王子様。……もうこれだけで説明は十分だと思う。差し出された手を握って体を起こしながら痛む後頭部を撫《な》でさする。

痛い。夢どころか昨日教えてもらったことを全部忘れたかもしれない。首を捻《ひね》って昨夜の記《き》憶《おく》を辿《たど》り、無事挨拶の言葉を思い出した。空気を読んだレーガン様がそっと手を離し、「どうぞ」という風に掌を向けた。

これで思い出した言葉が「さようなら」だったらどうしよう。少しばかり不安を覚えつつ、咳払《せきばら》いをして異国の言葉を口にする。

「し、シィラーサ」

「シィラーサ。×××、×××××」

「うっ？」

挨拶の後にわからない言葉が続き、怯《ひる》む。しばらくじっと見つめ合った後、再び魔法《まほう》円が刻まれた手を重ね合わせた。

——今日が良き日でありますように、と言ったんだ。これも昨夜教えた挨拶の一つだが……

頭の打ち所が悪かったのか。

——そのようです。

——……。まあ、また後で詰《つ》め直せばいい。今朝《けさ》は急ぐんだろう？

——ああ、はい！　そうでした！

慌《あわ》てて持ってきた花時計を見る。硝子《ガラス》に閉じこめられた花はまだ蕾《つぼみ》の状態のままだったが、やはり早めに準備をしておくに越《こ》したことはないだろう。

——では行ってきます！　時刻も早いですし、二度寝《にどね》してみては？

——いや、起きる。前に二度寝を試みてみたが無理だった。……では、幸運を。マドレーヌとやらが作れたら持ってくるように。

——だから、お香代《こう》わりにはなりませんて。

いや、焼きたてのマドレーヌなら短時間でも香代わりになるだろうか。マドレーヌに限らず焼きたての菓子《かし》全般《ぜんぱん》に言えることだが、あの香《こう》ばしく焼き上がった生地《きじ》とバターの香《かお》りは何とも言えない幸福感を覚える。

思った瞬間、間髪《かんはつ》を容《い》れず「火婦人に話して焼いた時点で時を止めてもらえ」と言われた。……実は甘い物が好きなのではないかと思いたくなる速さだ。睡眠《すいみん》を追い求めているが故《ゆえ》だとわかってはいるけれど。

ひとまず無事焼けた時は持ってくることを誓《ちか》って手を離し、十二分に注意を払《はら》って寝台の段差を降りた。

寝室《しんしつ》を出ると、丁度レーガン様の安否を確認《かくにん》しに来たコンさんと出くわした。

「……おはようございます、マツリ」

「……おはようございます、コンさん」

「私はバレット・コンスタンスです」

「おおう……自己紹介《しょうかい》まで流暢《りゅうちょう》に……」

手を繋ぐ必要のない、日本語の挨拶だ。罠《わな》のつもりで日本語の挨拶をされた日から、何故《なぜ》か日本語での挨拶が習慣化している。

恐《おそ》ろしいことにコンさんは〝おはようございます〟〝こんにちは〟〝こんばんは〟の使い分けが出来る。しかも発音が流暢。……何なんだ、私とのこの明らかな差は。未知の異国語に触《ふ》れ始めたのはお互《たが》い同時期のはずだぞ。

自分の学習能力に虚《むな》しさを覚える中、コンさんが手を差し出してきた。若干警戒心《じゃっかんけいかいしん》を抱きつつ、その手を取る。

——貴女《あなた》への〝調査〟は仕事の合間に引き続き行います。ブリジット・ランビリズマも貴女に色々と教えるつもりらしいので、調査の方は朝食後から昼食の支度《したく》に行くまでの間にします。それまでには客室へ戻っているように。

——あ、はい。わかりました。よろしくお願いします。……何か、帰還《きかん》の手がかりは見つかりましたか？

——目下捜索《そうさく》中です。何せ召喚《しょうかん》以外で異世界人が現れるなど、全く前例のない話ですから。

前例がないからありえないとでも言いたいのだろうか。何事も遡《さかのぼ》れば〝世界初〟の史実があるものだろうに。

しばらく無言の牽制《けんせい》をしあった後、コンさんはレーガン様の寝室へ、私は自分の客室の方へ、どちらからともなく足を進めた。


客室に戻るとすぐにブリジットさんから手渡《てわた》された制服に着替《きが》えた。ブリジットさんやホイットの服に比べて何処《どこ》となく作りが簡素だ。髪《かみ》を一纏めにして帽子《ぼうし》の中に押し込み、鏡の前に立って確認する。しかし私では着方の正否が判断しきれず、壁際《かべぎわ》に立ち油断ならない目をこちらに向けてくるトィに恐る恐る魔法円で触れて質問する。

——トィ、制服の着方ってこれで合ってる？

——後ろ髪《がみ》、少し帽子に入れ損ねています。後は特に問題はありません。

——おっと。ありがとう。

指摘《してき》に従って髪の毛を帽子の奥に押し込む。

思えば調理に関《かか》わるのはしばらくぶりだ。見習いという肩書《かたが》きなら恐らく雑用が大半だろうけれど、それでも朝に調理の音が響《ひび》く中で立っていられるのは落ち着く。

……今頃《いまごろ》家族はどうしているだろう。私は今どうなっているんだろう。行方《ゆくえ》不明か家出か、そんな扱《あつか》いになっているとするなら、家族に相当心配と迷惑《めいわく》をかけてしまっているはずだ。特に家出だと思われた場合は両親が気に病《や》んでしまっているかもしれない。そんな理由、何一つないのに。

長い長い夢から覚めるとそこは学校の教室で、熟睡《じゅくすい》していたことを隣《となり》の席の友人に笑われる――そういう帰還の仕方が一番望ましい。尤《もっと》も自分の世界に帰れるのなら……浦島太郎《うらしまたろう》のように帰っても誰《だれ》もいないという最悪の事態さえ起こらなければ、何でもいい。

「……。いかんいかん。落ち込む前に、一刻も早く調理の勉強をしないと」

第二調理室に料理人見習いとして入れて貰《もら》うのは、調理機材の使い方や食材について学ぶためだ。コンさんに本気で調査を進めてもらうためにも、自分の出身は自分に出来る料理で証明すると決めただろう。

びしりと両頬《りょうほお》を叩《たた》き、沈《しず》んだ感情を振《ふ》り払う。

折れてなるものか。今日からが私の勝負の時だ。


客室から第二調理室へ向かう道を、兵士を二名引き連れて歩いてゆく。窓から外を見ると、日が昇《のぼ》りつつある透《す》き通った空が白く美しい城の佇まいを浮《う》き上がらせていた。写真か何かで見るような異世界情緒《じょうちょ》溢《あふ》れる景色と雰囲気《ふんいき》にはいつも圧倒《あっとう》される。

調理室の扉《とびら》の前まで辿り着くと、緊張感《きんちょうかん》で空っぽの胃が痛んだ。こちらでの料理の仕方は何一つわからない。知らない間にとんでもないことをしでかしたら、世話になった分を返すどころか更《さら》に迷惑をかけてしまう……。

渦巻《うずま》く不安を腹の奥に押し込め、意を決して扉の取っ手を摑《つか》んだ。調理室の中には誰の姿も見当たらないが、奥の部屋の方から微《かす》かに人の気配がして声が聞こえてきた。やはり来るのが早過ぎただろうか、とまだ蕾の状態にある花時計を見やりつつ、ひとまず声のする方へ歩いていく。流石《さすが》に調理室の中まで兵士達がついてはこなかった。

調理室の奥の小部屋では、数人の若いメイドたちが積み上げられた大量の作物の土汚《よご》れを落としたり、大量の皿を洗ったりしている真っ最中だった。彼女達はブリジットさん達の料理人の制服とも私が着ている料理人見習いの制服とも違《ちが》う、どちらかといえばトイのメイド服に近いつくりの制服を着ていた。

どうやら料理人見習いの先輩《せんぱい》というわけではなさそうだが、あれも調理室の仕事のうちだろうし手伝おう。

「ええと。……シィラーサ！」

昨夜から練習した挨拶《あいさつ》はどうやら通じたらしく、彼女達は一斉《いっせい》に顔をあげ何処となく戸惑《とまど》った表情で「シィラーサ、××××」と揃《そろ》って返事をした。……無事挨拶出来たのは嬉《うれ》しいが、相変わらず挨拶以外の言葉がわからない。

作物を洗っているうちの一人の側《そば》に座り、魔法円が見えるように手を差し出した。見慣れない形の作物を洗っていた少女は私の手と顔を見比べ、ややあって恐る恐る手を重ねてくれた。

長時間水につかっていたためか、指先まで冷え切っていた。

——ええと、初めまして。今日から料理人見習いとしてお世話になります、マツリ・リンドウといいます。よろしくお願いします。

——えっ！　こ、声？　え、ええと、その……はい、初めまして。調理室の下働きをしております、マルヴィナ・モデスティーと申します。

——手伝います。で、その、私こちらの日常文化に疎《うと》いので、お手数ですが洗い方等教えていただいてもいいでしょうか。名前や味や調理法……までいくと仕事の妨《さまた》げになりますね。

——え？　あの、いえ、そんな！　料理人の方に下働きの仕事をさせるなんて……。

年若い下働きのメイド……マルヴィナは、思い切り首を横へ振った。

周囲にいる他《ほか》の少女達は、突然《とつぜん》現れた料理人見習いと手を繋《つな》ぎながら何やらやり取りをしている姿が奇妙《きみよう》に映るのか、仕事をする手を止めないままちらちらとこちらの様子を窺《うかが》っている。

——見習いですし、食材について勉強しなければならないので。是非《ぜひ》手伝わせてください。何か問題があるようなら、ブリジットさんに言って正式に手伝えるよう頼《たの》んできます。色々教えて欲しいです、マルヴィナさん！

——あ、あの……、私、ただの下働きですから、料理人の方に畏《かしこ》まられてしまうと困りますので、ただのマルヴィナで、いいですから……。

マルヴィナは言葉通りの困った顔をして、恐る恐るこちらに青い野菜を手渡した。

その後他の下働きのメイド達にも名前と手伝いをしたい旨《むね》を伝えてもらってから、洗い方を教わった野菜をひたすら綺麗《きれい》にする作業に徹《てっ》した。青色野菜コルディは調理前はずんぐりした大根のような姿をしていた。

手に刻まれた魔法《まほう》円の正体や、作物の名前も洗い方もわからない素人《しろうと》が何故料理人見習いとして調理室に来た理由等、マルヴィナが抱《いだ》く数々の疑問が魔法円を通して伝わったが、あえて触れないあたり仕事に追われているのか気遣《きづか》いが出来る子なのか単純に恐れられているのか。

いくつか野菜の名前と調理法を教えてもらいながら野菜洗いを進めていくうち、ホイットと何人かの料理人が調理室に入ってきた。彼らは調理室に来ると慣れた様子で下ごしらえの準備を始めたが、ふとホイットが野菜洗いの下働きの中にいる私に気づくなりぎょっとして駆《か》け寄ってきて、冷えた手を握《にぎ》られた。

――な、何してんだお前っ⁉　野菜洗いは下働きのメイドの仕事だぞっ⁉

――早く来たから。色々教えてもらって早速《さっそく》勉強になりました。

――ああ……うん……まあ、抵抗《ていこう》無いならいいんだけどさ。お前は原形からまず知った方がいいんだろうし。

と、不思議なものを見る目で私を見つめるホイット。ホイットと一緒《いっしょ》に調理室へやってきた料理人達の視線もホイットと似たようなものだ。どうやら野菜洗いと料理人の間には格差らしきものがあるらしい。

……野菜の名前も知らない料理人見習いは下働きから始めた方がいいんじゃなかろうか。もしやブリジットさん、調理設備の学習をさせるために無理に見習いとして雇《やと》ってくれたのか？

そうだとしたら私のせいで権力の横暴だと言われてしまうんじゃないか。

青ざめる私に対し、ホイットは目を瞬《またた》かせて私の右手を引き寄せた。掌《てのひら》を上に向け、じっと見つめる。

――うん。ブリジットさんは間違《まちが》ってない。短い爪《つめ》、包丁ダコ、切り傷の痕《あと》。料理人の手とまでは言わないが、料理し慣れてる手だ。

――いや……言われる程《ほど》大層なことはしていないけれど……。

朝弁当作りの手伝いをしたり、共働きの両親の代わりに夕食を作ったり、お菓子《かし》を作ったり、趣味《しゅみ》の領域を出ない範囲《はんい》だ。しかも絶えず怪我《けが》をするので、料理をし慣れていると評価されるのは非常に後ろめたい。

――名誉《めいよ》の勲章《くんしょう》だろ。誰だって最初は初心者から始めるもんだ。お前には知識を得たり設備を学んだりする機会が必要なんだから、料理人見習いをやるのが一番手っ取り早い。……それに、結構期待してるんだぞ？　異世界の料理。あわよくば新料理開発に繋がるからな。

――う。

──さ、仕事を始めるとするか。そういえばお前食事は？　食べてないなら休憩室《きゅうけい》に食料があるから、適当に胃に入れとけ。見習いの仕事はきっついぞー。

──が、頑張《がんば》ります。ご教授よろしくお願いいたします、先輩。

真面目《まじめ》に言って頭を下げる。ホイットは少しの間目を瞬かせ、やがて照れくさそうに笑って頭を掻《か》いた。

調理場へ行く前に色々話を聞いてくれたマルヴィナの方を振り返り、数少ない覚え立ての言葉をかけた。

「ええと。ありがとうは……ティック！　マルビナ……、あれ？」

心の声と実際に声に出した発音の差が酷《ひど》い。ヴィの音が出ない。

お礼を言いたかったはずが名前を上手《うま》く呼べないという惨事《さんじ》に、沈黙《ちんもく》した状態で少しの間見つめ合う。やがてマルヴィナは躊躇《ためら》いがちに私の手を取った。

──あの。メルで、いいです。マツリ様。

そう言って、マルヴィナ……メルは、小さな苦笑《くしょう》を浮かべた。

その後ブリジットさんや他の料理人たちが続々と集結し、調理場は急激に慌《あわ》ただしくなった。城で働く無数の使用人達が働き始める前に、膨大《ぼうだい》な量の朝食を作らなければならない。

見習いでしかも知識のない私はひたすら下働きの少女達から洗った材料を受け取って料理人

達に渡《わた》したり、簡単な下準備を手伝ったりするだけだったが、それだけのことでも既《すで》に目が回りそうだった。仕事について何か質問があっても手を握る余裕《よゆう》がないことが殆《ほとん》どで、大体のことは身振《みぶ》りと雰囲気だけで切り抜《ぬ》けた。

料理長であるブリジットさんの動きは鮮《あざ》やかで無駄《むだ》がない。自分自身でも料理の支度《したく》を進めながら、周囲に目を配って指示を出すことも怠《おこた》らない。流石、火婦人。美しいと評したくなる立ち居振《いふ》る舞《ま》いに見惚《みと》れていると隣《となり》で下ごしらえをしていたホイットに小突《こづ》かれ、慌てて自分の作業に戻《もど》った。

全《すべ》ての料理が完成し慌ただしく食堂に運ばれていった頃《ころ》、硝子《ガラス》時計の中の花が華奢《きゃしゃ》な首を擡《もた》げ咲《さ》きほこっていた。

料理人達が片付けを済ませて朝食を食べに行く頃には、使用人達はそれぞれの仕事に向かっているため食堂は閑散《かんさん》としている。ここにきてようやく第二調理室の面々はゆっくりと食事を摂《と》れるらしい。

「……うう、お腹《なか》減った。もう駄目《だめ》倒《たお》れる」

食堂に辿《たど》り着いた途端《とたん》、腹が凄《すさ》まじい鳴き声をあげた。一応休憩室にあったパンを二つ程食べてから仕事に臨《のぞ》んだが、とても保《も》たない。

ふらつきながら皿に料理を盛っていく。食べたことのない新しい料理もいくつかあった。作っている現場にいたというのに、これが一体調理室の何処《どこ》で誰《だれ》の手によって作られたものなのか全く覚えがない。本来の目的は設備の学習だ、次からはもっと周囲に目を向けよう。

今日のカシェはどういう組み合わせにしよう。酢《す》をきかせたタレを合わせてさっぱり味もいいが、空腹の胃を考慮《こうりょ》して具だけ盛った普通《ふつう》のカシェにしておこうか。でも胃に余裕があれば二杯《はい》目で酢入りのカシェに挑戦《ちょうせん》してみようか……。

悩《なや》んでいると、ふと視線を感じて俯《うつむ》いていた顔をあげた。いつの間にか隣に見慣れない男性が佇《たたず》み、じいっとこちらを見下ろしていた。やや癖《くせ》のある赤みの強い髪《かみ》が頰《ほお》や目にかかり、妙《みょう》に色香《いろか》が漂《ただよ》っている。カシェの順番待ちかと思ったが、彼の手には既に盛りつけの終わったカシェの器《うつわ》が載《の》っていた。

しばらくそうやって見つめ合った後、男性は小さくため息をついて席へ戻っていった。……あのため息、どうも聞き覚えがあるような。

多少気にはなったものの、そんなことより空腹を満たす方が先だと思考を切り上げて自分の席へと戻った。早速カシェの器を持ち上げ、一口頰張《ほおば》る。ここ数日色々な味と具の組み合わせを試《ため》していたが、標準のカシェも何処となくほっとする味わいで心が落ち着く。

食事を続けていると、妙にそわそわした様子のブリジットさんに手を引かれた。

——うちの息子《むすこ》、何だって？

——はい？

——うちの息子だよ。さっきあんたに話しかけたんだろう？

はて、食堂に来てから誰かに話しかけられた覚えはないのだが。首を捻《ひね》っていると、ふとブリジットさんの癖のある赤みがかった髪が視界に入り、同時に先程の色香漂《ただよ》う男性の赤毛を思い出した。繋《つな》いだ手から男性の印象が伝わったらしく、ブリジットさんは大きく頷《うなず》いた。

——あれが衛兵をしている次男のアルジャンだよ。

——ああ、道理でため息に聞き覚えがあると……。ええっと、特に話はしませんでしたが。

——そ、そうかい。……はあ。珍《めずら》しく自分から女性に接触《せっしょく》したと思ったんだけれど。

ブリジットさんはあからさまにがっくりと肩《かた》を落としてしまった。調理場での立ち居振る舞いとは打って変わった様子に苦笑する。

しかしあの無言の視線は何だったのだろう。衛兵達は毎朝の奇行《きこう》を目撃《もくげき》しているし、〝頭の可哀想《かわいそう》な子〟という眼差《まなざ》しだったのかもしれない。若干《じゃっかん》落ち込んでテーブルに突《つ》っ伏《ぶ》す私に、ブリジットさんは「いやあの子は口数は少ないけれどそういうことを言う子ではないよ」と言った。

……考えても仕方がない。気を取り直して食事を再開した。

＊　＊　＊

朝食を済ませた後すぐ、コンさんに指示された通り客室へと戻った。コンさんが来るまでの間にやってしまおうと朝食時に知った情報を記録してゆく。

今日最も異様だったのは、いつかテーブルの上に置かれていた黄緑がかった液体だ。ホイット曰《いわ》く、あれは食虫植物の果実で作ったジャムらしい。食虫植物と聞いてしまってからというものの、ますます映画で見た地球外生命体の血液にしか思えなくなってしまった。訝《いぶか》しんでいるとホイットが持ってきたパンにその黄緑がかった液体をたっぷりと塗《ぬ》り、笑顔《えがお》で私に差し出してきた。曰く「美味《おい》しいから騙《だま》されたと思って食べてみろ」。滴《したた》った液体がぽたりと皿の上に落ち、飛沫《ひまつ》をあげた。

絶対に騙されていると思いながら恐《おそ》る恐る食べてみたが、確かに想像していたものとは全く違《ちが》う美味しさだった。強《し》いて例えるなら南国風。とろけるような濃厚《のうこう》な甘みと独特の香《かお》りが口内に広がった。地球外生命体の血液などと言ってしまって申し訳ない。

「ここって砂糖でも何でも甘味料《かんみりょう》の質はいいよね。見た目はともかく。見た目はともかく！」

呟《つぶや》きながら、黄緑がかったジャムについて記す。

クウェンティンは甘味料の原材料が豊富に取れる国だとレーガン様は言っていた。砂糖の種類を調べるだけでも面白《おもしろ》そうだ。尤《もっと》も〝強い甘みは庶民《しょみん》の味、上層階級は希少な甘味料を品良く微《かす》かに香らせる〟風潮らしいから、城にそう何種類も砂糖は仕入れていないだろうか？

ざっと書き終わった後でふと顔を上げると、いつの間にかコンさんが目の前に座って黙々《もくもく》と私の書きためたものを読んでいた。……そう、大雑把《おおざっぱ》に内容を把握《はあく》する程度には読めるようになったのだ、この男は。

ため息をつき、今しがた書き終えたばかりの紙を差し出す。それに目を通し終わるまで待った後、魔法円《まほう》を刻んだ手を握《にぎ》り合わせる。

――意味のわからない単語がありますが、まずは〝映画〟〝地球外生命体〟〝血液〟とは？

手を繋いだまま言葉で説明してください、それで印象は伝わりますし、耳で言葉の音を覚えられますから。

――はあ。それで言葉が覚えられるなら、私にもやってみてくれませんか。ヴィの発音が出来ないのですよ。……それにしてもコンさん、何か変な知識ばっかり増えていきますね。

――だとするなら貴女《あなた》が変な知識ばかり書いているから以外に理由がありませんが。

――ですね。まあ城の内部情報みたいな〝変なこと〟よりマシでしょう。

念入りに私が書いた物を読もうとしているのは、それを警戒《けいかい》しているのだと思う。あとは私の主張の矛盾《むじゅん》を見つけるため。……調査と情報収集も並行して考えてはいるようだから、あえて何も言うまい。この長い夢から覚めるために、私は私の出来ることをするだけだ。怒《おこ》って反発しても利益はない。私は大人、するりと受け流せる大人！

言い聞かせながらごほんと咳払《せきばら》いをし、手を繋いだまま口での説明を始める。

――地球外生命体とは我らの母なる星地球の外、宇宙の彼方《かなた》に存在する生命体でして、万が一彼らが地球に降り立ってしまったその時、彼らの凶悪《きょうあく》な繁殖力《はんしょく》と食欲《しょくよく》によって全人類は滅《ほろ》ぼされてしまうことでしょう。繁殖の仕方が人間に幼体を仕込むという実にえぐいもので……。

——何故《なぜ》料理の記録にそんな物騒《ぶっそう》な単語が混じっているんですか。

——あれの血液に似たジャムが食堂に並んでたので。こうやって書いておいた方が覚えやすいじゃないですか。

コンさんの顔があからさまに引きつった。

……そういう映画、つまり娯楽《ごらく》作品がある、というオチはもう少し後でばらそうと思ったのだが、手を繋いでいたため即座《そくざ》にばれてしまった。つまらない。「何処が〝するりと受け流せる大人〟ですか」という言葉がどこからか聞こえた気がするが、空耳だ。

コンさんの調査が終わると、今度は昼食作りのために調理室へ向かった。また少し時間があったので他《ほか》の料理人が来るまでメルに説明を受けつつ野菜洗いを手伝った。昼食の支度が終わり他の人達より遅《おく》れて昼食を摂った後は、調理室の後始末をしながら機材の使い方や食材について説明を受けた。

真っ先に教わりたかった魔術《まじゅつ》仕様の焼《や》き窯《がま》は、魔術の知識がない私でも使えるものではあった。

焼き窯の上に掌大《てのひら》の窪《くぼ》みがあり、そこに魔法円が刻まれた石版を嵌《は》め込む。置いた石版によって焼き窯の温度が変わり、途中《とちゅう》で石版を入れ替《か》えて調節も可能。火加減も薪《まき》や炭と違って一定に保たれるため、張り付いて目を光らせる必要もない。

ただ、電気で調節していた熱加減をこちらで再現してみろと言われると、言葉に詰《つ》まる。百数十度の熱さをどうやって異世界の人に説明したらいいんだ。

まあブリジットさんは豪快《ごうかい》に笑いながら「焼き菓子《がし》の火加減なら教えるから、細かいことは実際にやって考えればいいよ。材料も時間もたっぷりあるんだから」と言ってくれたので、大分気が楽になった。

他にも細々とした調理道具を教えてもらったが、形が異様なだけで用途《ようと》は私の世界にある道具と同じものが多くてほっとした。形と使い方さえ覚えてしまえばこちらも何とかなりそうだ。

話が一区切りついて短い休憩《きゅうけい》が終わると夕食の準備に入った。最早忙《もはやいそが》しさについては言うまでもない。疲労困憊《ひろうこんぱい》しながらも夕食はきっちり胃に収め、新たな食材情報も書き留めた。

硝子《ガラス》時計の中の花がすっかり花弁を閉じ頭を垂れた頃《ころ》、ようやく全《すべ》ての仕事が終わった。

「……っ、疲《つか》れた」

あちこち痛む体を引きずって客室へ向かう。仕事が終わると同時に兵士二名が私の後ろについたが、それについて突っ込む元気もない。

腕《うで》も足も腰《こし》も鉛《なまり》を巻き付けたかのように重い。無惨《むざん》な有様の私に対し、この過酷《かこく》な生活を毎日続けているであろうブリジットさんやホイットはけろりとした様子でいた。

客室に辿《たど》り着き、部屋の外に兵士達を待たせて色々身支度《みじたく》を済ませてゆく。書き留めたものを整理して纏《まと》める余裕《よゆう》もない。疲労《ひろう》が凄《すさ》まじくて今にも寝《ね》てしまいそうだが、流石《さすが》に風呂《ふろ》くらいは入っておかないと気持ちが悪い。

殺意に塗《まみ》れた笑みを浮《う》かべるトイが、一応行動だけはメイドらしく世話を焼いてくれた。手を繋いで毒舌《どくぜつ》を受け止める気力はなく、「ティック《ありがとう》」と口で伝えるだけに留《とど》めた。

寝間着《ねまき》に着替《きが》えて外套《がいとう》を羽織り、時計だけを持ってふらふらと部屋を出る。兵士達はあくまで無言のまま、レーガン様の寝室《しんしつ》への道を歩き出した。彼らの後をついていく一歩一歩がとにかく重い。

何とか寝室に到着《とうちゃく》し、兵士達に弱々しく挨拶《あいさつ》をして中へ入った。寝台《しんだい》の上には既《すで》にレーガン様がいて、眉間《みけん》に皺《しわ》を寄せ固く目を閉じていた。扉《とびら》の開く音と同時に目蓋《まぶた》が持ち上がり、紫《むらさき》の美しい目が覗《のぞ》く。

寝台へ上がるこの段差が憎《にく》らしい。這《は》うようにして寝台へ転がり込むと、一気に睡魔《すいま》が押し寄せてきた。放《ほう》り出された手に他の誰《だれ》かの手が触《ふ》れる。

——随分《ずいぶん》なくたびれようだな。

——うう。寝ます。さあレーガン様も寝るのです。ねんねころりよ！

——雑にも程がある寝かしつけ方だな。

ゆるやかに腰に手が回る。重い体を包む寝台の柔《やわ》らかさ、背中と腹を覆《おお》う温かさの組み合わせは凄まじい眠気《ねむけ》を誘《さそ》う。これはいけない。寝かしつける役目を期待されているはずが寝かしつけられてしまう。何か眠気を吹《ふ》き飛ばし脳を活性化させる話はないかと鈍《にぶ》い思考を働かせる。

——駄目《だめ》だ頭の回転が鈍い……くそう、こんな時こそ甘い物が！　疲れた時に甘い物を食べずして何を食べろと！　何故食堂に一切《いっさい》食後のおやつが並ばないのですか！

——使用人の食事に菓子類は並ばないのが常だな。食べたいなら城外へ出るか作るかしかない。……第一調理室の連中が作った菓子らしき物なら、明日にでも持ってきてやるが？

——いえお気持ちだけで十分です。

ため息をついて、現状作れる可能性のある菓子について考える。コンさんの度肝《どぎも》を抜《ぬ》く料理はさておいて、自分の郷愁《きょうしゅう》の念と甘味不足を補うだけなら作りたいものは結構思いつく。出汁《だし》になるものが存在するならもっと幅《はば》は広がる。甘味で難しい機具を使わずかつ満足感が得られそうなのは……手っ取り早いのはプリンあたりか。和菓子も勿論《もちろん》好きだが、今はカロリー高めのこってり菓子が食べたい。もう何日もまともな甘みのある菓子を口にしていない！

——レーガン様、この世界って生クリームはあるんですか？　チョコレートは？

問いかけても返答がなかった。不思議に思って後ろの様子を窺《うかが》うと、先程《さきほど》まで起きていたはずの男は呆気《あっけ》なく眠《ねむ》りについていた。

間近で顔を見てようやく気がついたが、彼の顔色は青ざめており明らかに疲労の色を浮かべていた。いくら私が疲れた疲れたと言っても、この人に比べれば大したことはないのだろう。そう思わせる、何処《どこ》か鬱々《うつうつ》とした影《かげ》を感じさせるやつれ方だ。

起こしてしまわないようなるべく静かに元の体勢に戻《もど》る。ついでに手も解《ほど》こうとしたが、妙《みよう》に強く絡《から》んでいて無理に外すのは賢明《けんめい》ではなさそうだった。

盛り上がりかけた思考も、一度止めてしまうとすぐにまた眠気が戻ってくる。そのまま大人しく目蓋を閉じると、あっという間に意識は無へ落ちた。

★ ★ ★

優《やさ》しい声が聞こえる。

それは最もおぞましく、許されざるものの声だ。早く。一刻も早く。それを——。

目が覚めた。

そしていつも通り階段から転げ落ち——なかった！　見知らぬ誰かを目撃《もくげき》して驚《おどろ》き身を引いた瞬間《しゅんかん》、全身を走り抜けた激痛によって暴れる間もなく寝台に突《つ》っ伏《ぷ》してしまったからだ。激痛が治まる頃にはここが〝異世界〟で隣《となり》の深い群青《ぐんじょう》色の髪《かみ》をした人は〝王子様〟だということを思い出したので、騒《さわ》ぎも起こさずに済んだ。

腰の骨に気を遣《つか》いながら恐《おそ》る恐る体を起こし、安堵《あんど》のため息をつく。そっと拭《ぬぐ》った額には脂《あぶら》汗《あせ》が浮かんでいた。枕元《まくらもと》に置いた時計を見ると、閉じこめられている花は全くの蕾《つぼみ》の状態だった。いくら疲れていても朝食と弁当作りを手伝う時間にきっちり起きるのだから染《し》みついた習慣とは恐ろしい。

強張《こわば》った腕や腰を撫《な》でさすっているうちレーガン様が起きて、ぼんやりした表情で私を見やった。

「……。シィラーサ」

「ああ、おはようございます……じゃなくて、シィラーサ、レーガン様」

挨拶を返すと、少しの沈黙《ちんもく》の後で手を差し出された。魔法《まほう》円の刻まれた手を重ねると、ささやかな驚《おどろ》きを含《ふく》んだ声が頭の中で響《ひび》いた。

——随分と静かな朝だったな。具合でも悪いのか？

——酷《ひど》い言われ様だ……。いやまあ当たらずとも遠からずですが。ちょっと筋肉痛で身動きが取れなかっただけです。

――なるほど。……それでまた今日も重労働か？

――一刻も早く設備を使えるようになるためですから！　それに疲労困憊した代わりに色々教わってとても勉強になりましたし！

――勤勉なことだな。

眠りを提供し続けるのならば自ら手がかりを探さずともいくらでも宮廷魔術師《きゅうていまじゅつし》を貸し出す。衣食住は保証する。それ以上のものを欲しがるなら与《あた》えてやる気さえあるというのに。……と、声にならない、思考にもならない感情が不意に浮かんで心に滑《すべ》り込む。

多分それは、本来言うつもりも聞かせるつもりもない言葉だろう。レーガン様至上主義を拗《こじ》らせた宮廷魔術師を納得《なっとく》させるために私は第二調理室に通っているのだと、彼は知っている。だからこれは雑念の多い人間という生き物がとりとめもなく感じた一欠片《ひとかけら》だ。

やはりこの魔法円は感情漏洩《ろうえい》が過ぎる。〝利益を期待して近づく人間〟を見慣れてしまった王子様など、私にはどう反応したらいいのかわからない。

――えー。とりあえず再確認《さいかくにん》しておきましょうか。私は貴方《あなた》を寝かしつけ、貴方は私の衣食住の保証と帰還《きかん》のための調査協力をする。そういう交換《こうかん》条件でしたね？

――ああ、そうだな。ついでに疚《やま》しい真似《まね》をした場合は指と首をくれてやるとも言った。

――お忘れでないようで何よりです。貴方からの援助《えんじょ》はもう十二分にしていただいてます。

　コンさん以外は。でもコンさんはレーガン様至上主義を拗らせてますからね、仕方がありませんね。……なので、これ以上貴方に求めるものはありません。寧《むし》ろ私、返しきれていないくらいですし。

　添《そ》い寝をして世間話をして早朝に叩《たた》き起こすことが彼の安眠《あんみん》に繋《つな》がっているとは到底《とうてい》思えない。世話になっている分、帰還の手だてが見つかるまでに、私に関係しているであろう眠りを誘う切っ掛《か》けを発見出来れば、交換条件も釣《つ》り合いが取れるのだが。……いや、決して身内でもない異性と同じ寝台で眠ることや抱き枕扱《まくらあつか》いを軽い条件と見ているわけではないけれど。

　とにかく、いい加減〝利益狙《ねら》いの悪女〟扱いは御免《ごめん》だ。個人情報保護もへったくれもなく頭の中身を全部晒《さら》されて、それでも未《いま》だに疑われるなら一体私はどうしたらいいんだ。

　――疑っているつもりはない。……まあ、裏があったとしても構わないとは思っているが。

　――コンさんが泣きますね、その台詞《せりふ》。

　――あれには悪いが、王子の前に人間なんだ。……わからないだろうな。薬も香《こう》も酒も効かない失望も、どれだけ疲《つか》れていても眠れない苦痛も、僅《わず》かな微睡《まどろ》みの合間にさえ悪夢を見て目が覚める鬱積《うっせき》も。〝眠れないだけのこと〟という言葉を聞く度《たび》、殺意が湧《わ》く。

　それまで眠たげに細められていた紫の瞳《ひとみ》の中に凶暴《きょうぼう》な光が瞬《またた》いた。実際に彼の前でそう言った人間達がいたのだろう。今まで触れたことのない純然たる殺意が手から伝わり、一気に全身が総毛立つ。

凍《こお》り付いた私を見て、レーガン様はふっと小さなため息をついた。

――だからお前には、大袈裟《おおげさ》ではなく本気で救われた。どんな切っ掛けであれ、お前が安眠を導いたのは事実だ。釣り合いが取れないと思っているのは俺の方だ。外聞は悪く賓客待遇《ひんきゃくたいぐう》も出来ない、バレットはあの調子、嫌《いや》なものを見聞きする魔法円まで刻んでいる。

嘘偽《うそいつわ》りのない心の言葉に驚かされ、まじまじと目の前の男の顔を見つめる。私の向こう側にある〝睡眠《すいみん》〟以外は思慮《しりょ》の外にあるものとばかり思っていたが、案外考えていたらしい。

レーガン様は眉《まゆ》を顰《ひそ》め、「そこまで無情な人間ではないつもりだが」と零《こぼ》した。

――では私の名前、覚えてます？

――…………。……マツリ・リンドウだろう。

――く、空白の時間がありましたよ今。半分冗談《じょうだん》のつもりだったのに図星でしたからわあ。そりゃ寝《ね》るまでの間くらいしか会話しませんけれども、出会って何日目だと思ってるんですか……。

やっぱり名も無き枕扱いじゃないか。コンさんでさえ朝の挨拶《あいさつ》にはマツリと呼ぶのに！……いや待て。コンさんの正式名は何だったろう？　もしや私も人のことは言えない？

気まずい空気の中硝子《ガラス》の花時計が視野に入り、慌《あわ》てて話を切り上げ客室へと向かった。硝子の中に閉じこめられた花は、相変わらず蕾の状態だったけれど。

筋肉痛の体を引きずって客室に戻り、すぐに料理人見習いの制服に着替《きが》える。早朝にも拘《かか》わらず部屋で待ち構えていたトイとずっとついてくる兵士達を連れ、第二調理室へ向かう。トイは漏《も》れ出す納得いかない雰囲気《ふんいき》を除けば、きちんとメイドの仕事をこなしているらしい。部屋に埃《ほこり》が落ちていることはないし、花はいつでも新鮮《しんせん》だ。衣装棚《だな》には常にこちらの世界の普《ふ》段着《だんぎ》が数着入っている。学校の制服も勝手に廃棄《はいき》されたりはせず、静かに衣装棚に仕舞《しま》い込まれたままだ。

第二調理室に到着《とうちゃく》するとまだ他《ほか》の料理人達が来ていなかったので、今日も下働きのメイド達の野菜洗いに加わろうと奥の作業場へ行った。

「シィラーサ！」

と、昨日よりは自信がついた挨拶をする。下働きのメイド達も昨日よりは驚かずに私を見上げ、「シィラーサ、××××」と挨拶を返してくれた。

昨日と同じくメルの隣に並ぶと、彼女は控《ひか》えめな笑《え》みを浮《う》かべ「シィラーサ、スイ・マツリ」と言った。〝スイ〟だけとはいえようやくこちらの言葉の聞き取りが出来たことに感動しつつ、流水で冷え切ったメルの手に触《ふ》れる。

——おはようメル。ところで〝スイ〟って何？

——え？　あの、敬称《けいしょう》です。マツリ様、と。

——なるほど。教えてくれてありがとう。

ということは、レーガン様をこちらの言葉で呼ぼうとしたら〝スイ・レーガン〟、コンさんなら〝スイ・コンさん〟……いや、〝スイ・コン〟か。新種の野菜のような名前だ。

その後、メルの戸惑《とまど》いがちな指導をうけつつ、見慣れない食材の数々を忘れっぽい頭に必死で叩き込んでゆく。

料理人達が集まってくると、指導してくれたメルや他のメイド達に礼を言って今度は下ごしらえの仕事へ回った。腰《こし》が痛いだの足が痛いだのと泣き言を言う暇《ひま》もなく、目まぐるしい勢いに流されるままがむしゃらに調理室を駆《か》けずり回《まわ》る。

忙《いそが》しさに加えて大食《おおぐ》らいばかりの我が家でも見ることのない桁違《けたちが》いの量の食材を見ているうち、自分が扱っているものが何なのか不意にわからなくなった。こんな感覚、祖父が聞いたら怒《おこ》りそうだ。昔の人だから、食べ物に関してはとにかく厳しいのだ。

支度《したく》が終わり食堂へ移る頃《ころ》には昨日の筋肉痛に加え新たな疲労感《ひろうかん》がのしかかり、動く度《ど》に何処《こ》かしら痛みが走った。一歩一歩がとにかくぎこちないので、ホイットが「そうそう俺も最初はそうだったなー」などと懐《なつ》かしそうな表情で私の姿を眺《なが》めていた。

食堂に並ぶ料理は今日も今日とて美味《おい》しそうな香《かお》りを漂《ただよ》わせている。空っぽの胃が求めるままに料理を皿に盛ってゆく。自分の席と料理の載《の》ったテーブルを行き来して何度目かの時、ふと隣に誰《だれ》かが並び立った。何気なくそちらを見やると、例の色香《いろか》漂《ただよ》う雰囲気のブリジットさんの息子《むすこ》さんがいた。確か名前は……アルジャン、だっただろうか？

並んだ割に彼の皿の上には前回と同じく既《すで》に料理が盛られているようで、私の前にある料理を取りたいわけではなさそうだ。何の言葉もなくじいっと見下ろしてくる。

今は夜間と違《ちが》い鎧兜《よろいかぶと》を纏《まと》ってはいない。一度自分の持っていた皿をテーブルの上に置き、恐《おそ》る恐る魔法《まほう》円が刻まれた手を差し出した。彼はしばらくその手を見つめていたが、やがて彼も皿を置いて手を握《にぎ》ってきた。

——え、えーと。翻訳《ほんやく》ありで話すのは初めてでしょうし改めて初めまして、マツリ・リンドウです。ブリジットさんには大変お世話になっています。多分毎朝の騒《さわ》ぎでため息ついたことがある……というか、もしかして助け起こしてくれたり声をかけてくれたりした兵士さんですか？

常に無言で必要以上の関《かか》わりを持とうとしない置物の如《ご》き鎧兜達の中で、短く声を発したり寝台《しんだい》から落ちたところに手を差し伸《の》べてくれた兵士がいた。何の用かは知らないが、こうやってわざわざ接触《せっしょく》してくる兵士で思い当たるのはあの兵士くらいだ。

アルジャンさんはこくりと頷《うなず》き、私の推測を肯定《こうてい》した。

——やっぱりそうでしたか。それで私に何か御用《ごよう》ですか？　ええと……アルジャンさん。

——ああ。……。よく食うな。

——食べること作ること即《すなわ》ち私のストレス解消法ですからね！　甘い物が圧倒《あっとう》的に欠乏《けつぼう》しています が！

反射的に答えてしまったが、魔法円から伝わってくる複雑な感情からは目の前の男が〝本当の用件〟を言い澱《よど》んでいると伝わってくる。

やがて彼はため息を吐き出した。

——いや。……今日は、落ちなかったな。

——へ。……ああ。寝台から、ですか？　今朝《けさ》は筋肉痛で身動きが取れませんでした。毎朝お騒がせしております。

——そうか。慣れたのかとも思ったが。

——未だにあの美貌《びぼう》が目の前にあるのは驚《おどろ》いてしまいますねえ。寝起《ねお》きで全く見知らぬ部屋にいるって状況《じょうきょう》にも慣れません。

正確には〝見知らぬ部屋〟ではないが、融通《ゆうずう》の利《き》かない寝起きの頭には同じことだ。慣れたいと思うより一刻も早く帰りたい思いの方が強いが、せめて寝台から落ちて後頭部を打ち付けるのだけは止まって欲しい。ただでさえ頼《たよ》りなげな頭が更《さら》に悪化してしまう。

——故郷が恋《こい》しいのか。

ぽつりと漏れたのは問いかけではなく、心に浮かんだ微《かす》かな思いだった。

ややあってアルジャンさんはテーブルの上に置いた自分の皿を手に取り、踵《きびす》を返して歩き去

っていった。その後ろ姿を黙《だま》って眺め、ため息をついて私も自分の皿を手に席へと戻《もど》った。

慣れることと恋しさは別次元の話だ。恋しくない、はずがない。


朝食が終わるとすぐ客室へ引き返し、コンさんが来る前にと急いで今朝の分と昨夜まとめそこねた食事記録を整理していく。

記録は溜《た》まった。代用出来そうな食材も見つかっている。後は料理の設備の扱《あつか》い方を身につけ、私の世界の料理を作るだけだが――こちらの世界の人達がぎょっとするような類《たぐい》の料理が一番効果があるだろう。けれどあの堅物《かたぶつ》コンさんが納得《なっとく》する程《ほど》の料理とは一体どれだろう。

相変わらず部屋の壁際《かべぎわ》に立って警戒心《けいかいしん》を剝《む》き出しにしているトイへ目を向ける。手招きすると、彼女は思い切り眉間《みけん》に皺《しわ》を寄せながらもゆっくりこちらへ近づいてきた。……最初こそその可愛《かわい》らしい見た目から妹の百日を連想したが、今では猫《ねこ》に見える。高貴な家で飼われている、血統書付きの誇《ほこ》り高いペルシャ猫。

ふわふわした髪《かみ》の毛を靡《なび》かせながら、ペルシャ猫……いやトイは側《そば》まで来た。魔法円を刻んだ手を差し出し、触れたのを見計らって問いかける。

――これから色んな料理の説明をざっくりしてみるから、何それ？　って思うものがあったら言ってね。味が気になるだけじゃなくて何故《なぜ》にそんなものを作るの？　みたいな疑問も大歓迎《だいかんげい》。

――はい？　何故私がそんなことを。

――トイとコンさんの感性が似ているから。トイの反応を見て、優先的に異世界料理製作の方向性を決めようかなと思って。えーと、まず異世界食堂、海編。焼き魚。干物《ひもの》。酢《す》の物。

名前を並べ立てながらどのような料理かを想像する。それだけで魔法円を通して想像が伝わるので、それに対するトイの反応もわかりやすい。感情漏洩《ろうえい》はいただけないが、こういう場合に限っては嘘偽《うそいつわ》りのない正直な声が聞けて便利だ。

反発させる暇を与《あた》えず、絶え間なくぽんぽんと料理を思い描《えが》いてゆく。少しでも〝何それ？〟というような反応を見せた時は、繋《つな》いでいない方の手で握ったペンで料理名を書き留めておく。どうも干物や塩漬《しおづ》け等の保存食類が多い気がする。……魔術《まじゅつ》で時間が止められる世界では発達しなかった文化ということか。

――えーと。じゃあ続いて異世界食堂、甘味《かんみ》編和菓子《わがし》部門。おはぎ。羊羹《ようかん》。お汁粉《しるこ》。大福。

一瞬《いっしゅん》トイの思考が停止した。直後、料理の説明をしていた時以上に大きな疑問の感情が吹《ふ》き上げる。……料理より甘味の方がこちらの世界の人達にとって珍《めずら》しい物が多いのだろうか。首を捻《ひね》りつつ、トイが気にかけた菓子の名前を記していく。殆《ほとん》ど全《すべ》てだった。

——最後に異世界食堂、甘味編洋菓子部門。
——そもそも和菓子と洋菓子って何の区別で……あ。
——おおっと、ここでとうとう直接質問が！　そんなに甘味類が珍しいならそっちを重点的に開発すべきかなあ。ええと、私の住む日本固有の菓子を和菓子、西洋風の菓子を洋菓子と呼んでいます。では早速《さっそく》洋菓子部門。マドレーヌ。シフォンケーキ。パイ。アイスクリーム。

トイの顔が硬《かた》く強張《こわば》り始めた。引き結んだ唇《くちびる》は震《ふる》え、顔は必死に何でもない風を装《よそお》うとしているが、手から伝わる感情は疑問と僅《わず》かな好奇心《こうきしん》が滲《にじ》み出ている。素知らぬふりで、ひたすら淡々《たんたん》とケーキの名前と内容を説明してゆく。

——ああそうそう。これは代用品が全然見つかってないケーキなんだけれどね？　ティラミスっていって、スポンジもしくはビスケットにコーヒーという苦みのある香《こう》ばしい飲み物をたっぷり染《し》みこませ、濃厚《のうこう》なチーズクリームとカスタードクリームを合わせたものを挟《はさ》み、何層か重ね、冷やし固め、最後にココアパウダーというほろ苦い粉末をかけた大人のお菓子です。まったりとしたコク、甘さとほろ苦さが絶妙《ぜつみょう》に引き立てあう魅惑《みわく》の……。

語っている途中《とちゅう》で不意に客室の扉《とびら》が叩《たた》かれた。トイの全身が大きく跳《は》ね、慌《あわ》てて扉へ駆け寄って客人を招き入れた。

入ってきたのは勿論《もちろん》コンさんだ。彼は仄《ほの》かに頬《ほお》を染めたトイを訝《いぶか》しげに見やりながら、私の目の前の席へ座った。魔法円の刻まれた手を握ると、真っ先に疑いの声があがった。

――トイに何をしたんですか。部屋の扉を叩くまで近づいてくる人間の気配に気づかないなど、ありえない。

――あの、その評価の仕方、怖《こわ》いです。トイは忍者《にんじゃ》か何かですか？……いや別に何もしてませんよ。ちょっとお菓子の話をしていました。

――はあ。菓子ですか。……菓子はよくわかりませんね。

――そうですか。じゃあ異世界食堂甘味編は後回しにして、料理の方を頑張《がんば》ります。……こちらの世界でもお菓子に心揺《ゆ》さぶられる女性は多いんですねえ。ふふふ。

いつまでも上機嫌《じょうきげん》に笑っている私の姿にコンさんは眉《まゆ》を顰《ひそ》めたが、わざわざ解説するつもりはなかった。

滞在《たいざい》八日目にして、ようやくトイに一矢《いっし》報《むく》いることが出来た。……ただその高揚感《こうようかん》の後に残ったのは自分自身が抱《かか》える甘味への渇望《かつぼう》だけで、酷《ひど》く虚《むな》しい気分になったが。

調査が終わった後は昼食の支度《したく》をするため第二調理室へ行き、終わると昼食を摂《と》る。知らない食材と料理はすかさず書き留める。量が多すぎていい加減管理が大変になってきた。唯一《ゆいいつ》私の記録を読んでいるコンさん曰《いわ》く「余計な話を書き過ぎ。情報が散らかり過ぎ」。……授業のノートを読んだ先生も同じことを言っていたような気が。

その後ブリジットさんに指導してもらいつつ魔術オーブンを使用した焼き菓子を作ってみた。作ってみたと言っても説明を兼《か》ねているので手際《てぎわ》は悪く、殆どの工程でブリジットさんの手を借りている。

焼き菓子は小さい丸が沢山《たくさん》並んでいる型に混ぜ合わせた生地《きじ》を流し入れ、オーブンに放り込むだけだ。焼き窯《がま》の窪《くぼ》みに嵌《は》め込む温度調節のための石版はこれを使うよ、と複数あるものの中から一つ選《よ》り分けて渡《わた》されたが、私には違《ちが》いがわからなかった。文字がわからないとはこんなに不便なことだったのか。

焼き上がった菓子に粉砂糖らしきものをふりかけ、表面を火で焼き付けて少し焦《こ》がし、完成である。出来たものの見た目はいつだったかレーガン様が持ってきた小振《こぶ》りの丸い菓子に似ていて、甘く香ばしい芳香《ほうこう》が調理場に漂《ただよ》った。

試食させてもらうと以前と違ってしっかり生地に甘みを感じ、思わず顔が綻《ほころ》んだ。久しぶりの甘いお菓子、それも焼きたて。美味《おい》しくないわけがない。マドレーヌ作りの参考にするために砂糖をたっぷり入れてくれたのだろうか。

——まあね。でもあたしは甘い菓子の方が好きだね。折角《せっかく》美味しい砂糖が豊富にある国なんだから、使わなきゃ損だ。……で、どうだい？

——美味しいです！

——ああ、そうじゃなくて。この菓子、材料は大体マドレーヌとやらと同じだろう？　作り方や材料の比率は違うだろうけれど。……味の差はどうだい？

問いかけられて、言葉に詰《つ》まった。美味しいのは嘘《うそ》じゃない。けれど——。

沈黙が何よりの答えになったらしく、ブリジットさんは苦笑《くしょう》を浮《う》かべて私の肩《かた》を軽く叩いた。

——大丈夫《だいじょうぶ》。材料一つとっても色々種類があるからね。これから味を確かめていこうじゃないか。

——はい。……あ、あの、もう一つ食べてもいいですか！　いやあ前に食べたあの微糖《びとう》っぷりが嘘のように美味しいです！

無理矢理《むりやり》にでも笑顔《えがお》を作り、焼き菓子をもう一つ手にとって口に放り込んだ。

咀嚼《そしゃく》する度《たび》鼻腔《びこう》をくすぐる香《かお》りも、糖分を求めていた体に染み渡ってゆく甘さも、今まで食べてきたお菓子とは微妙《びみょう》に違う味わいがある。だけど……マドレーヌとほぼ同じ材料の焼き菓子だとは、全く思えない。

嚙《か》みしめた不安の味は、酷く甘かった。

夕食支度の仕事を終えて一旦《いったん》客室へ戻《もど》り、身支度を済ませてゆく。部屋で控《ひか》えていたトイには前にも増して恨《うら》めしげな顔で睨《にら》まれたが、気にせず客室の外へと出た。

暗い通路を鎧兜《よろいかぶと》二体を引き連れて進む。どちらかの中身がアルジャンさんなのかどちらとも違うのか、彼らが声を発しない限り私には判別出来そうにない。

寝室《しんしつ》に辿《たど》り着くと兵士達に挨拶《あいさつ》をし、室内へと入った。寝台《しんだい》の上には既《すで》にレーガン様がいたが、目を開けたりこちらに手招きをしたりする様子はない。足音を立てないよう静かに寝台へ行くと、彼は眉間に皺を寄せ固く目を瞑《つぶ》っていた。

寝台の脇《わき》に立ってまじまじとレーガン様の顔を見る。室内に灯《とも》る僅かな明かりを受けて輝《かがや》くさらさらの群青《ぐんじょう》色の髪《かみ》、髪と同じ色の長い睫毛《まつげ》、最初に会った時よりは大分マシではあるがそれでも青白い透《す》き通った肌《はだ》。今は見えないが、あの紫《むらさき》の瞳《ひとみ》も雰囲気《ふんいき》と相まって独特な迫力《はくりょく》を醸《かも》し出す。

私の知る世界の常識からはかけ離《はな》れた美しい姿。その上〝王子様〟だ。

不意にレーガン様の眉間《みけん》に刻まれた皺《しわ》が深くなり、小さな呻《うめ》き声が噛みしめた唇からこぼれ落ちる。どう見ても安眠《あんみん》しているとは思えない様子に、そういえば〝しばしば悪夢を見る〟という話をしていたなと思い出し、軽く肩を揺さぶって名前を呼んだ。

瞬間《しゅんかん》レーガン様の体が跳ね、固く瞑っていた目が見開かれた。紫の瞳がゆっくりと私の方へ移動し、か細いため息を吐《は》き出した。魔法《まほう》円が刻まれている手を差し出すと、レーガン様の握《にぎ》り込みすぎて白くなった指先が重ねられた。

——大丈夫ですか。魘《うな》されていましたよ。

――うたた寝《ね》なんぞするんじゃなかった。吐き気《け》がする。……お前はいつ来たんだ？　何となく甘い匂《にお》いがするな。

――ついさっき来ました。匂いは夕食前に焼き菓子の焼き方を教わってきたもので。ここには持ってきていませんよ。……吐きそうなら、お茶持ってきますか？　それとも洗面器にします？　あれ、この世界洗面器ってあるんですか？

――いい。寝る。

実に単純な言葉を放ち、繋《つな》いだ手をぐいぐい引かれた。……何だかその仕草に見覚えがあるような気がして、首を捻《ひね》りながら寝台に入る。

毎夜通りに後ろから抱え込まれ、腹辺りに手を回される。さも当たり前のように魔法円の刻まれた手にしなやかな指が絡《から》んだ時、既視感《きしかん》の正体をふっと思い出した。

――ああそうだ。あの子達か。

――は？

――いえ。ふふふ。私、上に一人、下に四人いる大所帯のきょうだいでしてね？　怖い夢を見たとか心霊《しんれい》番組を見た後だとか単純に甘えたい気分だとか、まあ色々な理由で〝一緒《いっしょ》に寝よう〟とせがまれることがあって。さっきの仕草があの子達とそっくりでした。

最近専《もっぱ》ら一緒に寝ていたのは百日だ。昔そうして甘えてきたはずの三人の弟達は年頃《としごろ》になり、あまり構い過ぎると反発してくるようになった。何となく寂《さび》しさを覚えてしまうものの、未《いま》だにきょうだい全員を猫可愛《ねこかわい》がりしている兄の姿を見ると、弟達の成長はある意味よい傾向《けいこう》なのかもしれないとも思う。

鮮《あざ》やかに思い出したたわいもない日常に、マドレーヌの件で妙《みょう》にざわついていた心が一気に静まった。そうだ。私の世界はこんなにも身近にある。だからまだ大丈夫。まだ、立っていられる。

——いい家族に恵《めぐ》まれているんだな。

ぽつりと。

独り言じみた呟《つぶや》きと同時に、レーガン様は繋いでいた手を離した。指先が離れる一瞬《いっしゅん》の間に、嫉妬《しっと》や羨望《せんぼう》、憎《にく》しみや愛《いと》おしさ、あらゆる感情が絡み合い心を揺さぶった。離れた手はそのまま腰《こし》に回り、心の声すらない全くの静寂《せいじゃく》が満ちる。

……この人の心に時折影《かげ》が差すことは、鈍《にぶ》い私でも流石《さすが》に感じていた。そしてどうやら、彼に対して家族の話はすべきではなかったらしい。

思えばこれだけ痴女《ちじょ》だ不審《ふしん》者だと騒《さわ》がれているのに、一度も彼の両親は姿を現さない。子供が心配なら、レーガン様を説得するか私に警告を出すかあるいは強引《ごういん》に追い払《はら》おうとするか、何らかの手を打ちそうなものだが。

やはり王族というのは平穏《へいおん》な暮らしをしてきた一般《いっぱん》人とは違う家庭事情をかかえているのだろうか。だとしたら人の気も知らず呑気《のんき》な話をして嫌《いや》な思いをさせてしまったかもしれない。

謝ろうと寝返《ねがえ》りを打ち、後ろへ顔を向ける。レーガン様は目を瞑ってはいたが、安らかな寝《ね》顔《がお》とはとても言えない渋《しぶ》い表情をしていた。眉間には例の深い皺が寄っている。睫毛が長い。女の子向けの人形も真っ青の天然睫毛だ。深々と寄った眉間の皺を、何気なく指先でつついてみた。

レーガン様は薄《うす》く目を開け、私を睨み付けた。魔法円の翻訳《ほんやく》が無くとも不機嫌《ふきげん》ぶりが伝わってくる。眉間をつついていた手を強く握られ、そのまま敷布《しきふ》に押しつけられる。

——何がしたいんだ、お前は。

——気を悪くさせてしまったのでしたら申し訳ありません、と言いたかったのですが、あまりにも見事な皺が目に入ってついぶすりと。……そんなに力んでいて眠《ねむ》れるんですか？

——今しがた力が抜《ぬ》けた。……前々から聞こうと思っていたが、遠慮《えんりょ》や躊躇《ためら》いという言葉を知っているか？

——勿論《もちろん》。煮《に》て食べると美味しいですよね。……というのは冗談《じょうだん》ですが、正直な話、現実味がないんですよね。貴方《あなた》の容姿にしろ肩書《かたが》きにしろこの状況《じょうきょう》にしろ、御伽話《おとぎばなし》のようで。なのでつい遠慮を忘れるといいますか、眉間もつついてしまうといいますか。

私の世界では決して出会わなかっただろう類《たぐい》の美貌《びぼう》だから、余計にそう思う。何もかもが日常離《ばな》れしているのだ。例えばレーガン様の眉間をつついた私の指先がすうっと向こう側へ突き抜けて、目に見えるもの全《すべ》てが夢幻《ゆめまぼろし》だったという展開になっても、きっと私は驚《おどろ》かないだろう。

コンさんやトィも十分日常離れした整った顔立ちの人間だが、あちらはこれでもかという程《ほど》生々しい陰湿《いんしつ》な部分を見せてくれるので、お世辞にも作り物めいているとは思えないが。

恐《おそ》らく言葉では説明しきれない複雑な感情に、レーガン様はふうとため息をついた。

――俺にしてみればお前の方が現実味がない。異なる文化を前にして理解しきれない気持ちは、わからないでもないが。……俺も、ニールリュル国の感覚はわからん。

――ぬるぬる国？　ああ、例の暗い色の髪が多いという国ですか。

――ニールリュルだ。……いや、あの国の話はやめておく。噂《うわさ》をして影が差しても困る。寝ろ。寝坊《ねぼう》したくはないだろう。

――はあい。

夜更《よふ》かしして親に叱《しか》られた気分だ。

レーガン様は目を瞑り、しばらくすると寝息《ねいき》を立て始めた。眉間に皺も寄っていないので、身動《みじろ》ぎをして寝返りをうち普段《ふだん》通りの背中を向ける体勢に戻った。いくら相手が眠っていても、向かい合って眠るのは気まずい。

話して力が抜けたのは私も同じだ。程よく不安が収まったお陰《かげ》で、目を閉じた途端《とたん》あっという間に眠りについた。

夢を見た。いつもとは違《ちが》う夢だ。

子供の泣き声が静かに震《ふる》える。私に触《ふ》れる術《すべ》はない。それでも伸《の》ばした指先は呆気《あっけ》なく飛散し、雪のように白い破片《はへん》が舞《ま》う。暗闇《くらやみ》の中、泣きじゃくる群青色の子供。

小さな唇《くちびる》が動く。

でもその言葉は、私にはわからない。

目が覚めた。目覚ましは要《い》らない。体は〝この時間〟が起床《きしょう》して家族の朝食と弁当を作る手伝いをする頃合《ころあ》いだと知っている。

あまり気分のよくない夢を見たせいか頭が頗《すこぶ》る重い。ため息をつきながら、上半身を何とか起こす。寝台《しんだい》から足を下ろして階段を降り、そのまま部屋の扉《とびら》へ向かう。

扉を押し開き、真っ直《す》ぐに通路を進む。裸足《はだし》が冷えた床《ゆか》を叩《たた》く音が響《ひび》く。歩いても歩いても私の知る場所の何処《どこ》にも辿《たど》り着かない。

そのうちに段々と意識がはっきりし出し、分かれ道に差し掛《か》かると同時に足を止めた。振《ふ》り返ると、すぐ後ろに鎧兜《よろいかぶと》を纏《まと》った時代錯誤《さくご》も甚《はなは》だしい兵士が二名ついてきていた。

「……、ああ。そうか」

体は〝寝台のすぐ下に段差がある〟こと、〝部屋を出る扉は真っ直ぐ前にある〟ことを覚え始めたらしい。——融通《ゆうずう》の利《き》かない頭を置き去りにして。

よかった、これ以上寝台から転げ落ちずに済む。そうやって誤魔化《ごまか》そうとしても、言い表しがたい嫌な感覚はいつまでも心に巣くって離《はな》れようとしなかった。

立ち尽《つ》くす素足《すあし》から伝わる冷ややかな温度。

——私は今、何処に立っているのだろう。

四章
Chapter 4

鎧兜達を引き連れ、重い足取りでレーガン様の寝室《しんしつ》まで戻《もど》る。体が重いのは悪夢を見たせいではない、まだ第二調理室での仕事による筋肉痛が癒《い》えていないからだ。現金なことに、思い出した途端節々が痛み始めた。

扉の前まで来たところで、一旦《いったん》深呼吸をして気持ちを落ち着かせようと試みる。ただでさえ神経衰《すいじゃく》弱気味のあの人に他人の沈《しず》んだ感情まで感じさせてはいけない。最後の仕上げに両頬《りょうほお》を力一杯叩《ちからいっぱいたた》き、暗い気持ちを振り払う。

「……よし、行くか」

「おはようございます、マツリ」

「わっ」

背後からかかった声に飛び上がって振り返る。当然と言えば当然だが、耳に馴染《なじ》んだ日本語の挨拶《あいさつ》をしてきたのはコンさんだった。彼は訝《いぶか》しげに私を見つめ、「何をしているんですか」と引き続き日本語で質問してきた。

「ええと、ちょっと忘れ物をしまして。おはようございます、コンさん」

「バレット・コンスタンスです。……忘れ物。外套《がいとう》ですか？」

「外套？　ああ、そういえばそれも忘れていました」

道理で先程から肌寒《はださむ》いと思った。というより、寝間着《ねまき》でうろついていたのか私は。ほぼ服に近い作りをしている寝間着とはいえ、自覚した途端急に羞恥心《しゅうちしん》が込み上げ、慌《あわ》てて寝室の扉を開けて中へ滑《すべ》り込んだ。

レーガン様はまだ寝台の上にいたが、一応起きてはいるらしく上半身を起こしてぼうっとしているところだった。

コンさんは寝室に入った直後丁寧《ていねい》に頭《こうべ》を垂れ、「シィラーサ、スイ・レーガン」と挨拶をした。……意味は〝おはようございます、レーガン様〟。うん、たった一つの日常会話でも聞き取って理解出来ると気持ちがいい。

寝台脇《しんだいわき》の小さな机に置いた外套を羽織りながら、寝《ね》ぼけ眼《まなこ》のレーガン様に声をかける。

「えー、ごほん。シィラーサ、スイ・レーガン！　スイって敬称《けいしょう》なんですね。この間第二調理室の人に教えてもらいました」

「……シィラーサ、マツリ」

「おおっと、レーガン様が私の名前を覚えている。驚いた。……さて、私ちょっとばかり寝過《ねす》ごしたようなので早めに失礼します！　では行って参ります！」

枕元《まくらもと》に置いた硝子《ガラス》時計を手に取り、慌ただしく部屋を出て行く。日本語などレーガン様には全く理解出来ないだろうけれど、コンさんが聞いていたのだから大体の意味は汲《く》み取ってもらえるはずだ。

まだ他人に見せられる程《ほど》、心の整理がつけられていない。

筋肉痛を刺激《しげき》しない程度の早足で客室に戻り、トイの恨《うら》めしげな視線には触れずすぐ身支度《みじたく》を調《ととの》えて第二調理室へ向かった。

いつもより更《さら》に早い時間に来たため、勿論《もちろん》他の料理人は誰《だれ》一人として来ていない。そのまま調理場の奥へと進み、下働きのメイド達に挨拶をして食材洗いの作業に加わった。三日目ともなるともう慣れ始めたのか、彼女達が訝しげに見てくる回数も減った。

見覚えのない食材やまだ覚え切れていない食材についてメルに聞きながら野菜の泥《どろ》を洗い流してゆく作業に没頭《ぼっとう》する。初めて登場した鮮《あざ》やかな橙《だいだい》色の球体についてメルから説明を受けている時、不意にメルが眉《まゆ》を顰《ひそ》めた。

——あの。……どうかされたのですか？　少し落ち込んでいらっしゃるように感じるのですが……さ、差し出がましいことでしたら申し訳ありません。

——いえ、こちらこそ嫌《いや》なもの見せてごめんなさい。……何て言えばいいんだろうね。望郷の念たっぷりなのに体はしっかり新しい環境《かんきょう》に慣れつつある傾向《けいこう》に気づいた複雑さ？……

自分の心を表すのに最も適切な言葉を探すが、結局思い当たらずため息だけを吐《は》き出した。

…違うな。

重いばかりの感情を見せるのも気が引けて、そっと自分の手を引き抜《ぬ》いた。

ひたすら目の前の食材の山に立ち向かっているうち、ぽつりぽつりと他《ほか》の料理人達が調理場に集まり始めた。そろそろ料理人の仕事の方を手伝いに行こうと、周囲に挨拶をして立ち上がる。とその時、急にメルが魔法円《まほう》が刻まれている手を掴《つか》んできた。

始終おどおどとしているメルにしては珍《めずら》しい行動に驚《おどろ》いたが、私以上に驚いているのはどうやら本人のようで、「やってしまった」と言わんばかりの狼狽《うろた》えようが手から伝わってきた。

——ええと。どうしたの、メル。

——その……、わ、私は……いえ、下働きの殆《ほとん》どがそうなのですが……皆《みな》故郷を離れて出稼《でかせ》ぎに来た者です。月並みですが……頑張《がんば》りましょう。一緒《いっしょ》に。

ぐっと手を握《にぎ》りしめられた後、彼女は自分の仕事に戻っていった。

異世界から来たとは流石《さすが》に説明出来ないと思っているうちに、出稼ぎ仲間と思われたようだ。純粋《じゅんすい》に励《はげ》まそうとした心遣《こころづか》いが真っ直ぐに伝わってきた。

「……ティック、メル」

そう言うと、メルは控《ひか》えめな微笑《ほほえ》みを浮《う》かべてみせた。

……メルにありのままを話したら迷惑《めいわく》をかけるだろうか。コンさんあたりは間違《まちが》いなく〝無《む》闇《やみ》に触《ふ》れ回るな〟と目くじらをたてそうだ。時がきたら必ず本当の話をしようと心に決めて、調理場の仕事へと向かった。

第二調理室の忙《せわ》しなさも今は有り難《がた》い。ぼうっとしていれば何処《どこ》からともなく指示が飛んでくるので、よけいなことを考えている暇《ひま》は全くない。調理室の端《はし》から端まで駆《か》けずり、仕事が終わって疲労困憊《ひろうこんぱい》しつつ食堂へ行く頃《ころ》には悶々《もんもん》とした思いは何処か遠くの方へ押しやられていた。

本日の食事を本能のままに選んでいるうち、気づくと初日に全種類皿に取ってきた時を彷彿《ほうふつ》とさせる量となった。腹の奥で黒く渦巻《うずま》くものを鎮《しず》めるために必要な量らしい。自分のことながら本当にわかりやすい胃袋《いぶくろ》である。

私の大食を見慣れてしまったらしい他の料理人は特に気にした様子もなく各々《おのおの》食事をしていたが、通りすがった鎧兜《よろいかぶと》の中身……いやブリジットさんの息子《むすこ》アルジャンさんは、例の無言の眼差《まなざ》しをこちらへ注いでいた。気にしない。私は何も見ない。色男の目より、自分の空腹を満たすことを優先する。

食事の後は清々《すがすが》しい気分にさえなっていたが、客室で待ち構えているコンさんとの〝調査〟の時間を思うと思わずため息が零《こぼ》れた。……流石に調査の時ばかりは魔法円の使用は避《さ》けられない。この複雑な心境を演技だの謀略《ぼうりゃく》だのと言われたら、流石に大人の対応を続けられる自信がない。

それでも、耐《た》えなければ。少しでも帰る時を早めたいなら。

客室に戻り、いつも通り記録を書き記す作業をしながらコンさんの到着《とうちゃく》を待つ。昨日のトイの反応を元に作る料理を思案する……が、どうにも気が散って上手《うま》く考えが纏《まと》まらない。

卓上《たくじょう》の白紙を睨《にら》み付けている中、不意に側《そば》に控えていたトイが扉《とびら》の方へと歩き出した。その少し後に扉を叩《たた》く音が響《ひび》き、トイはすぐに丁寧な所作で扉を開き訪《おとず》れた人物、コンさんを招き入れた。……トイのコンさん察知能力が怖《こわ》い。

コンさんは私と視線が合うと僅《わず》かに目を見開き、真っ直《す》ぐに私の正面の席へ座った。すっと差し出された手を見下ろし、平常心を保てと自分に言い聞かせながら握る。

──珍しいですね。扉を叩いても目の前に座っても尚《なお》気づかない貴女《あなた》にしては。……記録も滞《とどこお》っているようで。

卓上の白紙を一瞥《いちべつ》したコンさんに、「そんな日もあります」と淡々《たんたん》と返す。

コンさんの方でも深く追及《ついきゅう》するつもりはなかったようであっさりと繋《つな》いでいた手を離《はな》し、懐《ふところ》から一枚の紙を取り出した。机の上に置かれた大きめの紙には細かな文字がぎっしりと密集した魔法円が描《えが》かれている。

あまり凝視《ぎょうし》していると気持ちが悪くなってくる。なるべく卓上へ目を向けないように顔を逸《そ》らす私に、コンさんは再び手を差し出した。渋々《しぶしぶ》その手を取ると、コンさんは魔法円を指し示し説明を始めた。

——多少手間取りましたが、触れた者の記憶《きおく》を遡《さかのぼ》って思い起こさせる魔法円を作りました。これを使えば貴女がどうやってこの王城に来たのか、経緯《けいい》を辿《たど》れるでしょう。貴女の手に刻んである魔法円と併用《へいよう》すれば、私もそれを垣間見《かいまみ》られます。

——おお便利。……あ。でも私、教室で寝入《ねい》って気がついたらここにいたので何も目撃《もくげき》していないのですが。

——聴覚《ちょうかく》や触覚《しょっかく》等でも大体の状況《じょうきょう》は摑めるでしょう。……それに経緯が判断出来ずとも、貴女がやってきた場所だけは確認《かくにん》出来ます。何度か試行しましたが、正常に動作しましたよ。

今日で白黒を付けるという強い意志が感じられる、挑《いど》むような口ぶりだ。

いつもなら謂《いわ》れのない疑惑《ぎわく》ばかりの感情にまずむっとするところだが、真っ先に口から出てきたのはか細い安堵《あんど》のため息だった。帰還《きかん》の術《すべ》に直接繋がらずとも、自分の中にあるただの記憶でも構わない、自分の世界に繋がるものを少しでも確かめられるなら十分だ。

それでこの憂《うれ》いも晴れる。不安定な心も、持ち直せる。

——わかりました。私は何をしたらいいですか？

——……。手は繋いだままで。もう一方の手で、魔法円に触れてください。

躊躇《ためら》いなく魔法円に手を置く。ただ目は手元へ向けず、目の前のコンさんを凝視し続ける。コンさんも同じように魔法円の上に手を置き、小さな声で何か呟《つぶや》き始めた。それに呼応して紙の上の文字が淡《あわ》く輝《かがや》き始め、それは声が高まるにつれて目が眩《くら》む程に強い光を放ち出す。映画でも手品でもない、はっきりと目に映る形で現れた不思議な現象に釘付《くぎづ》けになる。周囲の雰囲気《ふんいき》は先程までとまるで違《ちが》った。息を吸うことさえ躊躇う得体の知れない張り詰《つ》めた空気に鳥肌《はだ》が立つ。

気持ちが悪い。もう目を開けていられず、きつく目蓋《まぶた》を閉じた。繋いだままの手が震《ふる》える。その魔法円を通し、声のない言葉が頭に響く。

——では、最初の日を思い出してください。貴女がレーガン様の寝室《しんしつ》に現れた、あの朝を。言われるがまま、あの日を思い描く。目が覚めたら見知らぬ男性が隣《となり》に寝《ね》ていたこと。時代錯誤《さくご》も甚《はなは》だしい鎧兜に囲まれて剣《けん》を突《つ》きつけられ、挙句総若白髪《わかしらが》には出会い頭《がしら》に痴女《ちじょ》と罵《ののし》られた、あの腹立たしい瞬間《しゅんかん》を。

薄《うす》い目蓋の向こう側に感じる輝きが、ちかちかと明滅《めいめつ》し始めた。その合間合間、白い光の中に例の朝の出来事が鮮明《せんめい》に頭の中で再生される。見知らぬ場所にいる恐怖《きょうふ》、混乱、強《した》かに打ち付けた後頭部の痛み、身に覚えのない罵倒《ばとう》への憤《いきどお》り。一つ残らず、自分自身でさえ忘れかけていたことまで全《すべ》て引き出されてゆく。

記憶を遡る。頭ではなく体が覚えている、腹立たしい朝より更に前の出来事だ。肌触《はだざわ》りのいい敷布《しきふ》を撫《な》でる指先の感覚、腰回《こしまわ》りに触れる他者の温《ぬく》もり、寝息《ねいき》。

では、それよりもっと前は――。

早く早くと急《せ》く心とは対照的に少しずつ明滅の間隔《かんかく》が大きくなり、やがて目映《まばゆ》い光は遡った過去の記憶と共にぶっつりと消えた。

しばらく待っても何の変化もない。恐《おそ》る恐る目を開けると、机の上の魔法円は最初に見た時と同じ、紙に描かれただけの状態に戻《もど》っていた。眉間《みけん》に皺《しわ》を寄せたコンさんがじっと私の顔を見つめ、やがてため息を吐き出した。

――さて、どうしたものでしょうかね。

――え。……あの、失敗ですか？　何度か試行して大丈夫《だいじょうぶ》だったんですよね？

――試行の時と何らかの違いが出てしまったのかもしれません。でなければ、貴女の正体が割れぬよう記憶を辿らせない何らかの手が打たれている可能性もある。

冷えた目がじっとこちらを見据《みす》える。……魔法円に原因があるとは欠片《かけら》も思っていない様子だ。思考の片隅《かたすみ》で、私の記憶を混乱させて手駒《てごま》にしているであろう黒幕の正体について考えを巡《めぐ》らせている。

……まただ。また、期待して叩き落とされた。

黒幕などいるものか。王子の寵愛《ちょうあい》など知ったことじゃない。きな臭《くさ》い思惑《おもわく》など勝手にやっていればいい。

私はただ帰りたいだけだ。家族のところへ、たわいもない日常の中へ、もう一度戻りたいだけだ。たった一瞬《いっしゅん》でもいい。過去の映像に過ぎないものでも構わない。故郷の光景を一時でも自分の目に映せたならまた立ち向かっていける。

それだけの当たり前な思いを——それさえも偽《いつわ》りであると、何故《なぜ》赤の他人に否定されなければならないんだ！

怒《いか》りで戦慄《わなな》く手から、間を置いて言葉が付け加えられた。

——後は、貴女自身に原因があるか。

——は？

——この魔法《まほう》円は貴女の精神を基軸《きじく》にして働くものです。基軸がぶれていては辿るものも辿れない。貴女は自分のいる場所を理解していますか？……いえ。もっと言うなら、

冷静な眼差しが私の目の奥を覗《のぞ》き込む。あくまで淡々としている声が、躊躇いもなく核心《かくしん》を突いた。

——貴女は、異世界にいる自覚がありますか？

異世界。未知の言語。魔術《まじゅつ》。群青色《ぐんじょう》の髪《かみ》を持つ美しい王子様。見慣れない食材と料理。城。何度も何度も思った。まるで御伽話《おとぎばなし》だ。寝て起きたら自分の世界にいて、おかしな夢だったと笑う自分が容易に想像がつく。何もかもが私の理解の範疇《はんちゅう》を超《こ》えたもの。

現実感の欠如《けつじょ》。

私は今、何処《どこ》にいる？


「……はあ」

針の筵《むしろ》のような調査の時の後、呆然《ぼうぜん》としたまま第二調理室へ向かい昼食の準備に加わった。忙《いそが》しさに救われた午前中から一転、今度は忙しさでも誤魔化《ごまか》しきれない雑念に振《ふ》り回《まわ》されてしまった。集中力に欠けるせいで何度指示を聞き逃《のが》しただろう。

仕事が終わって食堂に移っても、〝食事こそ精神安定剤《ざい》〟と言って憚《はばか》らない私にしては珍《めずら》しく、食欲《しょくよく》も湧《わ》いてこなかった。疲労《ひろう》も体力の消耗《しょうもう》もいつもより強く感じているにも拘《かか》わらず、料理を目の前にしても食欲より腹の奥にある重石《おもし》を抱《かか》えているような不快感に加え、目を閉じるとまだあの魔術の光がちかちか瞬《またた》いている気がして、吐《は》き気《け》がした。

もう昼食は抜《ぬ》いてしまおうかと悩《なや》んでいるうち、私の右隣《みぎどなり》に座るホイットが心配そうに手に触《ふ》れてきた。

——どうした？　何か昼から調子悪そうだな。

——大丈夫。あの……ちょっと、食欲無いだけだから。

——えっ、お前が？　食欲無い？　そりゃ大変だ。風邪《かぜ》か？　ちょっと待っとけ、調理場に行って病人食作ってくる。すぐ戻る！

言うが早いか、ホイットはあっという間に席を立ち食堂を去っていった。引き留める暇《ひま》もない。あ然としてその背中を見送っていると、左隣に座っていたブリジットさんがぽんと私の肩《かた》を叩《たた》いた後で、魔法円が刻まれた手を握《にぎ》った。

——どうしたんだい、ホイット。食事も終わってないっていうのに、いきなり飛び出していって。

——食欲が無いと言ったら、病人食を作ってくると言って……。

——なるほど。そりゃあ心配もするねえ。でもあんた、病人っていうよりは……朝食の後、またバレットに何か言われたんじゃないかい？

的を射た言葉にぎくりと体が強張《こわば》る。何よりもわかりやすい答えに、ブリジットさんはため息を吐き出した。

——やっぱりねえ。あの頭でっかち、一体今度は何を言ったんだい？

——私が何処から来たのか調べる魔法円を作ったとかで、挑戦《ちょうせん》してみたのですが……失敗しました。魔法円が失敗作だったのか、あるいは私の背後にいる黒幕が探《さぐ》らせないよう妨《ぼう》害《がい》しているのか、でなければ私自身に原因があるんじゃないか、と。

——ああ、あの子の言いそうなことだ。ただ最後の〝あんたが原因で魔術が失敗する〟がどういう意味なのかわからないね。

——異世界にいる自覚がなくて失敗したのかもしれないそうです。……それぱっかりは、一理あると思っています。

魔術がある時点で既《すで》に私の知る世界から外れている。ここは私がいた場所とは全く別だと十分理解しているつもりだ。

けれどコンさんが言う〝自覚〟は、私の言う〝理解〟より更《さら》に一段階上を行った話なのだろう。

何もかも私の知る〝現実〟からかけ離《はな》れている物事を知識として蓄《たくわ》え理解したとしても、自覚に至るまで上手《うま》く飲み込めない。

御伽話の世界に放り込まれた気分が消えない。常に〝私がここにいる〟ことへの違和感《いわかん》が付きまとう。寝て起きたら自分の世界に戻っている展開があってもすんなり納得《なっとく》出来る、未《いま》だにそう思ってしまう程度には現実感がない。

それが駄目《だめ》だ、今すぐに受け入れろと言われても——こんな感情、どうしろと？

向ける場所すらわからない焦燥感《しょうそうかん》ともどかしさが胃の重石を増やしていく。手を繋《つな》いだ状態で黙《だま》っていたブリジットさんは、ややあってため息をついた。

……馴染《なじ》んでいるように見えたから忘れかけていたけれど、あんたは異世界人だったね。……気づかなくて悪かった。あんたの気持ちを考えずに、色々突っ走っちゃったねえ。

——え？　いや、私、そんなつもりで言ったわけじゃありません！　ブリジットさんには色々気を遣《つか》っていただいて、感謝してもしきれないくらいです！

——気を遣っているのはあんたの方だろうに。……異世界から来たあんたと比べるのは烏滸《おこ》がましいかもしれないけれど、見知らぬ土地での生活は誰《だれ》でも違和感を覚えるものだよ。そういうのは殆《ほとん》どの場合は時間が解決してくれる。バレットなんて放っておいて、無理のない速度で慣れていけばいいさ。何があっても、あんたの身元はあたしが保証するから。

と言って、いつものように豪快《ごうかい》な笑《え》みを浮《う》かべながら力強く肩を叩かれた。

そこに丁度良く、手に湯気の立つ器《うつわ》を持ったホイットが食堂へ戻ってきた。彼がテーブルの上に器を置くと、ふんわり甘い香《かお》りが鼻腔《びこう》をくすぐった。見た目は牛乳で煮《に》たお粥《かゆ》のようだ。多分調理場で教わった甘い匂《にお》いの香辛料《こうしんりょう》も入っている。端《はし》の方には大きめに切った果物が添《そ》えてあった。軽く火を通してあるようで、とろりとした果肉と溶《と》けた砂糖の照りが何とも美しい。

ホイットは自分の席へ座ると、ブリジットさんと入れ替《か》わりに私の手を握った。

——これがクウェンティンで一般《いっぱん》的な病人食。グクの乳で米《ブラン》を煮て、砂糖で味付けしてある。甘いの好きだって言ってたから多めに砂糖入れといた。添えてあるジャムも滋養《じよう》にいい果物だから、これ食べて元気出せ。

——あ、……うん。ありがとう、ホイット。食事もまだなのに作ってくれて。

——いいって。言葉もわからない状態でよくやってるよ、マツリは。それに慣れないうちはひたすらきついからなあ、調理場の仕事って。

甲斐甲斐《かいがい》しく世話を焼いてくれるホイットの姿に少し肩の力が抜けた。そっとため息を吐き出し、食器を手にする。

そういえば私の知る世界の方でも似た料理があった。あれは確かお菓子《かし》に分類されていたんじゃなかっただろうか？　好奇心《こうきしん》で作ってみようかと思っているうちに結局忘れてしまった。

去年妹の百日が喘息《ぜんそく》を拗《こじ》らせて入院していた時、差し入れた雑誌に載《の》っていた作り方を読みながら「美味《おい》しいのかなあ……」と首を傾《かし》げる姿を思い出し、小さな笑みが滲《にじ》んだ。

ホイットの作ってくれた病人食はとても甘く温かく、重く痛むばかりの胃に染《し》み渡《わた》った。今なら百日に答えてやれるだろう。とても美味しくて、勇気が湧《わ》いてくる味だと。

思い出に背中を押され、ぐっと唇《くちびる》を噛《か》む。食器を置き、再びブリジットさんに手を差し出した。彼女が手を握り返してきたのを見計らい、覚悟《かくご》を決めて言葉を紡《つむ》ぐ。

——ブリジットさん。この後の調理の勉強時間で、一つお願いがあります。あと、夕食後にも調理室を使わせていただけませんか。翌日の支度《したく》に支障が出ない時間まで。……きっと、この後の時間だけでは終わらないと思うので。

——でもあんた、顔色悪いよ。調理の勉強はまた明日にして、今日はもう部屋に戻《もど》ってゆっくり休んだ方がいいんじゃないかい。

——いいえ。……今やらないと、優《やさ》しいところに逃《に》げてしまいそうですから。

御伽話《おとぎばなし》のような世界でも、きっといつかは慣れるだろう。飲み込みきれない幻想《げんそう》も、徐々《じょじょ》に体に馴染んで当たり前になってゆく。

けれどそれを待つつもりにはなれない。時間が経《た》てば経つほど私の世界が離れていくようで耐《た》えられない。

だから、終わらせよう。都合のいい夢も、美しい御伽話も。

全《すべ》ては自分の居場所へ帰るために。

ブリジットさんにお願いして、昼食後の休憩《きゅうけい》時間内にマドレーヌに代用出来そうな材料を集めて貰《もら》った。粉類一つとっても原材料の品種や挽《ひ》き方の違《ちが》いがある。とにかく城にあるだけ全部の種類を集め、それぞれの味の特徴《とくちょう》や調理の仕方についてブリジットさんとホイットに説明を受けた。沢山《たくさん》の種類がある分説明も長引き、その時間は実践《じっせん》に入ることなく終了《しゅうりょう》した。

夕食の準備を慌《あわ》ただしくこなして片付けを済ませ、他《ほか》の人達より遅《おそ》い夕食を摂《と》る。その後また調理室へと戻った。下働きのメイド達はまだ皿洗いをしているようで、奥の作業場からかちゃかちゃと硬質《こうしつ》な音が響《ひび》いている。

ひとまず、いつのまにか後ろに待機している私の監視《かんし》役らしき兵士二人を振り返る。状況《じょうきょう》を説明しようと手を差し出し、彼らの手が小手で覆《おお》われていることを思い出した。大きな鎧兜《よろいかぶと》二体の無言の圧力が凄《すさ》まじい。同行していたホイットに通訳を頼《たの》もうと、彼の手を握った。

――ごめんホイット、兵士達に今夜は遅くなるって代わりに伝えてくれる？　あとその、レーガン様にも申し訳ありません、と伝えてもらえませんか、って。

ホイットにあまり聞こえのよろしくない伝言を直接的に言うのは気まずいので、言葉を濁《にご》しながら頼んだ。ホイットは「わかった」と頷《うなず》いて、ふうんと小さな声を漏《も》らした。

――レーガン様かあ。最近遠目で見かけたけど、あんな顔色のいい状態の殿下《でんか》は初めて見たなあ。睡眠《すいみん》って大事なんだな。

多分私に対しての言葉ではなく、ふと零《こぼ》れた独り言だったのだろう。ホイットはあっさり手を離し、兵士達への説明を始めた。勿論《もちろん》流暢《りゅうちょう》に語られる言葉の中に私に聞き取れる単語は一つもない。

……顔色のいい状態を初めて見た、なんて、一体レーガン様はいつから不眠症《ふみんしょう》だったのだろう。考えている間に、ホイットから説明をうけていた兵士のうち一人が出入り口付近に置物の如《ご》く立ち、残る一人は私達に背を向けて通路の向こう側へ歩き去っていった。

ホイットは軽くため息を吐《は》き出し、再度私と手を繋いだ。

——ちゃんと伝えたぜ。レーガン様にもきちんと連絡《れんらく》しておいてくれるってさ。さて、これで作業に集中出来るな？

——うん。ありがとう。……ブリジットさんは？

——あー。うん。ちょっと遅くなるってさ。すぐ来るから先に始めててくれって言ってた。

——？　そう。わかった。……じゃあ早速《さっそく》、始めます。

呼吸を整え、調理場へ目を向ける。魔術《まじゅつ》仕様のオーブンを使ったのは昨日一度きり。片っ端《かたっぱし》から種類を揃《そろ》えて貰った各食材は、名前も使い分けの仕方も説明してもらわなければわからない。その上、調理場を自由に使わせて貰える時間は限られている。

それでもやると決めたからにはやり遂《と》げる。足を一歩踏《ふ》み出し、まず一種類目の小麦粉もどきの入った袋《ふくろ》へ手をかけた。

まずはホイットに教わった、ごく一般的に多用されている食材を使ってマドレーヌを焼くことにした。昨日食べさせて貰った小さな焼き菓子《やがし》とほぼ同じ種類の食材ばかりだ。あれを食べた時マドレーヌだとは思わなかったが、材料の比率をバター多めに変えればいくらか味わいも変わるだろう。

ただこの世界でいうバター、〝グクのカッタ〟とやらは明らかにチーズの風味を感じる味だったので、癖《くせ》が少ないバターもどきをグクのカッタの他に二種類揃えてもらった。味見した時点では〝グクのカッタ〟よりずっとあっさりした味だったが、この違いが焼き上げた時どう出るだろう。

マドレーヌの作り方は簡単だ。まず砂糖と小麦粉もどきをふるい、少しずつ溶き卵を加える。滑《なめ》らかになったら今度はたっぷりの溶《と》かしバターを混ぜ込み、生地《きじ》は完成。

本当ならここで数時間生地を休ませる方がいいらしいが、私は滅多《めった》にやらない。大食《おおぐ》らいの家族を満足させる量を作るためには、休ませる時間など挟《はさ》んでいられない。

だからあの日もそうだった。夜遅《よるおそ》くまで大量のマドレーヌを作っていて、翌日の学校でうたた寝《ね》をして——目が覚めた時、この世界にいた。

「……」

貝殻《かいがら》の形の焼き型は城にはないので、普通《ふつう》の丸い焼き型にバターもどきを塗《ぬ》り、薄《うす》く粉を振《ふ》る。作った生地を流し込めば、あとは焼くだけだ。残り二種類あるバターもどきを使ってそれぞれマドレーヌ生地を作った後、三つの焼き型を事前に温めておいたオーブンへ放り込んだ。

全てホイットの手は借りず、焼く温度や時間、材料の説明を聞くだけに留《とど》めた。……私が一人で作らなければならない。そうでなければ、あの日と違ってしまう。

焼き上がりを知らせるのは私が貰った花の硝子《ガラス》時計より更《さら》に細かく時間を計れる、砂を閉じこめた硝子の時計だ。作りは私の知る世界の砂時計と変わらないので、時間の見間違《みまちが》いをする心配をせずに済む。ホイット曰《いわ》く、砂が全て落ちて一度引っ繰《く》り返し、大体半分くらい落ちた頃合《ころあ》いが丁度いい焼き上がりらしい。

焼けるのを待つ間、落ち着かない気分で調理場をうろつく。そのうち皿を洗っていた下働きのメイド達が調理室の方へ出てきて、こちらに深々と頭を下げてから再び作業場へと戻っていった。その度《たび》に作業場の方で扉《とびら》の開く音が響き、やがて作業場から人の気配が一切《いっさい》なくなった。調理場から出入りしていたので気づかなかったが、どうやら作業場には直接出入り出来る扉があったようだ。

それから机の上の砂時計を睨《にら》み続ける。調理室には覚えのある甘ったるい香《かお》りが充満《じゅうまん》し始めた。ホイットの指示通り一度引っ繰り返してから半分程《ほど》砂が落ちた頃《ころ》を見計らい、オーブンの扉を開いた。熱気と甘い香りが一度に押し寄せてくる。

焼き上がった試作マドレーヌを取り出し、それぞれどのバターを使ったのかわからなくならないよう、オーブンに入れた時と同じ順番に作業台の上へ並べる。一応無事に焼き上がっていて安心したが、想像していたものより少し焼き色が濃《こ》かった。

ホイットはああ、と苦々しげな声を零《こぼ》し、私の魔法《まほう》円が刻まれている手を握《にぎ》った。

――すまん。ちょっと焼きが強すぎたみたいだな。脂分《あぶらぶん》が多いからか。

――このくらいなら大丈夫《だいじょうぶ》。次は温度を弱くするか、少し早めに出してみる。……さて、問題の味の方はどうだろ。

まず一種類目、グクのカッタで作った試作マドレーヌを熱いうちに口に放り込む。焼きたて特有のさっくりとした歯触《はざわ》りときめ細かな生地は正にマドレーヌだ。ただし齧《かじ》った途端《とたん》に広がる独特の風味と香りは、全くのチーズ味だった。普通に作ったはずなのに、出来上がったのはアレンジマドレーヌ。不思議だ。これでグクのカッタとやらは完全に材料候補から外すことに決めた。

水を飲んで口の中を標準状態に戻しつつ、残る二つの試作品を吟味《ぎんみ》する。二つ目のマドレーヌはチーズ風味こそ控《ひか》えめなものの少々酸味《さんみ》を感じた。三つ目は癖も酸味も少ない、作った中では最も想像していた味に近い仕上がりだった。

そして今までチーズ風味に隠《かく》れて気づかなかった、小麦粉もどきの方の癖が感じられた。思えば本来のマドレーヌよりやや仕上がりが硬《かた》いかもしれない。ホイットに意見を聞こうとしたものの、バターよりももっとわかりにくい微妙《びみょう》な違いをどう表現していいものかわからず、ただ呻《うめ》く。

ホイットは苦笑《くしょう》を浮《う》かべ、ぽんと私の肩《かた》を叩《たた》いた。

――とりあえず淡泊《たんぱく》な風味の粉を優先して使ってみるか。ただ、その先は自分の舌を頼《たよ》る以外無いからな。食べてるうちに段々目指してたものがわからなくなってくるのはよくある話だ、気合い入れていけよ。

――お、おう！……付き合ってくれてありがとう、ホイット。

――礼なら後押ししてくれたブリジットさんに言うんだな。ちゃあんと完成品引っさげて、な？

――うん。……頑張《がんば》る。

大きく頷き、再び調理道具へ手をかけた。

まだ時間はある。――何としてでも今日中にマドレーヌを完成させる。それが私の出した、現実を見据《みす》えるための〝答え〟だ。

いくつものマドレーヌを焼き、試食し、結果を記録して、また新しく組み合わせを調節し生地を練る。その繰り返しの中で、言い表せずにいた澱《よど》んだ気持ちが一つ一つ解けて明確になってゆく。

元々マドレーヌを作ろうとしていたのも、あれが異世界へ来た引き金だったのかもしれないと考えたからだ。それ以外にこれといった理由も思い当たらず、漠然《ばくぜん》と〝また同じように大量に作れば何かが変わる〟と心の何処《どこ》かで信じていた。いいや、違《ちが》う。まだ信じている。

疑惑《ぎわく》を向けられるばかりで、このままで本当に自分の居場所へ帰れるのか不安になる中、自分でも出来る努力の方法はマドレーヌを作ることだった。これが〝鍵《かぎ》〟ならばと願って、縋《すが》って、支えにしていた。

淡《あわ》い期待。私の手でも摑《つか》める、たった一つの希望。

夢を見ていた。いつかこの長い御伽話《おとぎばなし》が終わって、私は私のいるべき場所で目を覚ます。そういうささやかな夢を、マドレーヌに託《たく》していた。魔術や召喚《しょうかん》が実在する、私の常識からはかけ離《はな》れた世界。その中に紛《まぎ》れてしまうほんの小さな夢の一つくらい、叶《かな》ったっていいでしょう?


「……」


焼き上がったマドレーヌを取り出し、作業台の上へ置く。

仕上がりの硬さを調節するために二種類の小麦粉もどきをふるい合わせ、口溶《くちど》けを良くしようと砂糖を粒子《りゅうし》の細かいものに変え、どうしても残るバターもどき特有の風味を誤魔化《ごまか》すためバニラに近い匂《にお》いの香料《こうりょう》を加えた。

趣味《しゅみ》の範囲《はんい》の知識程度しかない私に出来る最大限の工夫《くふう》を凝《こ》らしたつもりだ。これで納得《なっとく》出来る仕上がりでなければ、もう今日中に完成させるのは諦《あきら》めて他《ほか》に出来る工夫の方法を考えてから再度挑戦《ちょうせん》するより他ない。

いつの間にかブリジットさんが第二調理室の中にいて、ホイットと共に静かにこちらの様子を見守っていた。彼女達の視線を受けながら、焼き上がったばかりのマドレーヌを試食した。

歯触りも口溶けも申し分ない。焼き上がりの硬さも丁度よく、粉やバターもどきの風味も香料のお陰《かげ》で随分和《ずいぶんやわ》らいでいる。考え得《う》る限りの工夫をした甲斐《かい》あって、今まで作ったどれよりも記憶《きおく》の中にあるマドレーヌの味に近いものだった。やり遂げた喜びと安堵《あんど》がため息となって口から零《こぼ》れ落ちる。

ふと気づけば、試作の状況《じょうきょう》を記録した紙と試作マドレーヌの数々が作業台の上一杯《いっぱい》に広がっていた。この世界へ来る前夜に焼いた量より多いくらいのマドレーヌの山を目にした途端、喜びは消えた。代わりに乾《かわ》いた笑いが口をつく。

何も。

何も変わらなかった。

あの日と同じように大量のマドレーヌを焼き上げても、帰還《きかん》どころかその手がかりすら湧《わ》いてこない。マドレーヌは結局、〝鍵〟でも何でもないただの菓子《かし》だった。何て滑稽《こっけい》なんだろう。

もう十分だ。十二分に理解した。夢の中にあったのはこの世界じゃない。たかが菓子に御伽話のような都合の良い夢を見ていた、私の方だと。

急速に涙《なみだ》が込み上げてきた。視界が曇《くも》り、何もかも朧《おぼろ》に歪《ゆが》んでいく。押し殺そうとしても喉《のど》奥から惨《みじ》めな嗚咽《おえつ》が零れ、次第《しだい》に立っていることすら耐《た》え難《がた》くなってきた。作業台の側《そば》に座り込み、必死に唇《くちびる》を食いしばって泣き声を殺す。

慌《あわ》てて駆《か》け寄ってきたホイットとブリジットさんが、私には聞き取れない言語で必死に心配そうな声をかけてくる。背中を撫《な》でさする温かい掌《てのひら》が、余計に涙の衝動《しょうどう》を強くした。

淡い期待は捨てた。ささやかな希望も捨てた。惨めで滑稽な御伽話は相も変わらず続いている。

それが、私の目の前にある〝現実〟だ。

散々泣いた後、ようやく落ち着きを取り戻《もど》した。震《ふる》えるため息を吐《は》き出して何とか立ち上がる。熱を持った目をハンカチで擦《こす》り、後の祭りではあるが何とか普通の顔を取り繕《つくろ》う。

これまで説明に付き合ってくれたホイットに手を差し出すと、彼は気遣《きづか》わしげに眉《まゆ》を曇らせ私の手に触《ふ》れた。

――大丈夫か？　って聞くまでもないよな……。どうした。今度はどんな感じに作り直したいんだ？　言ってみろ、全力で答える。

――ううん、さっきのマドレーヌで大体想像通りに焼けた。ホイットのお陰《かげ》で今日中に何とかなったよ。本当に、ありがとう。……夜遅《よるおそ》くまで付き合わせてごめんなさい。

沈《しず》む内心はどうしようもないが、顔だけは精一杯《せいいっぱい》の笑顔《えがお》を作って言った。

今度はブリジットさんの方へ手を差し出す。ブリジットさんはもう私の行動の意味を悟《さと》っていたようで、苦々しげな笑みを浮かべながらそっと私の手を取った。

――お疲《つか》れ様。……完成したんだね？

——はい。お陰様で、何とか。……我が儘《まま》を聞いていただいてありがとうございます。すぐに片付けますね。

——それはいいから、もう部屋で休んでおいで。……今日は一人で寝《ね》たいだろう？　レーガン様への連絡《れんらく》はあたしから兵士達に頼《たの》んでおくから。

——ああ、そうですね。よろしくお願いします。ちょっとこの顔と心境ではあの人とは会いにくいです……。なら尚更《なおさら》、片付けはしていきます。自分の我が儘で使わせてもらったんですから、最後まできっちりやらないと。

——そうかい。じゃあ、三人でさっさと片付けてしまおうか。……よく頑張ったね。マツリ。

たった一言に込められた温かい労《いたわ》りの気持ちに、また涙が込み上げてきた。

その後掻《か》き集めた材料をホイットと共に片付けていった。使った種類が多いだけあって思いの外手こずってしまい、その間にブリジットさんは調理道具類を全《すべ》て洗い終えていた。

山のように出来た試作マドレーヌは時間停止の機械に入れて袋《ふくろ》に詰《つ》め、長期間保存出来るようにした。量が量なので、休憩《きゅうけい》室にまとめて置かせてもらった。休憩室を使う人達のお茶《ちゃ》請けにでもしてもらえればいい。

遅《おそ》い時間まで付き合ってくれた二人に重ね重ね感謝の気持ちを伝え、今日一日の結果の形として最後に焼き上がった成功のマドレーヌを二人に差し上げた。ブリジットさんはマドレーヌと私を見比べ、そっと手を繋《つな》ぎ「貰《もら》っていいのかい。あんたの分は？」と問いかけてきた。

無言で首を横に振《ふ》り、苦笑《くしょう》する。

――まだ微妙に味が違うので、下手《へた》に近づけた分食べると余計に落ち込む気がするんです。

――そう。……違いがあるなら、研究の余地があるってことだ。あんた、まさか自分の世界の味再現を諦めちゃいないだろうね？　まだバレットを納得させる料理も開発出来ていないのに。

――……。

――諦めたら、今日まであんたがしてきたことが本当に無駄《むだ》なものになってしまうよ。これはまだ〝最初の一歩〟だろう。……あんたに教えていないことも、あんたが知らない食材も、まだまだ沢山《たくさん》あるんだ。

そう言って、ブリジットさんはマドレーヌの入った袋を私の手に握《にぎ》らせ、優《やさ》しい微笑《ほほえ》みを浮《う》かべた。

第二調理室を出ると、出入り口に待機していた兵士が無言で動き出し私の後ろへついた。いつの間にか二人体勢に戻っていたが、深く追及《ついきゅう》するのも億劫《おっくう》で何も言わず重い体を引きずり自分の客室へと戻った。

流石《さすが》にこの時間ともなるとトイも客室にはおらず、深いため息をついて椅子《いす》に座り込む。ブリジットさんから受け取ったマドレーヌの袋をじっと見つめ、徐《おもむろ》に一つ取り出して齧《かじ》り付いた。そのまま黙々《もくもく》とマドレーヌを胃に収めていく。似て非なるその味に、再び強烈《きょうれつ》な孤独感《こどくかん》が込み上げてきた。散々流してきたはずの涙がまた滲《にじ》んでくる。

身近にあって当たり前だったものも、私を私たらしめたものも何一つここにない。それがこんなにも恐《おそ》ろしいものだとは、考えたこともなかった。

土台をそっくり失った。足場がぐらついて、今にも崩《くず》れて粉々に砕《くだ》けそうな気がした。

暴食の後、ずっと椅子に蹲《うずくま》ったまま呆然《ぼうぜん》としていた。どれだけの時間が経《た》ったのか、不意に真夜中の静寂《せいじゃく》を打ち破って扉《とびら》を叩《たた》く音が響《ひび》き渡《わた》った。流石の私もその音には気がついて、膝《ひざ》から顔をあげて不審《ふしん》に思いつつ扉の方を見やった。

兵士達が監視《かんし》についているので、少なくとも不審な訪問者ではないのだろう。どなたですか、と聞く術《すべ》を知らないので仕方なく扉を開いて訪問者を確認《かくにん》する。

燭台《しょくだい》の明かりがうっすら灯《とも》っているだけの暗い通路に立っていたのは衛兵達を引き連れたレーガン様だった。こんな時間にも拘《かか》わらず未《いま》だに正装を身に纏《まと》っている。

確かブリジットさんは彼に連絡しておくと言っていたはずだが、行き違《ちが》ってしまったのだろうか。小首を傾《かし》げつつ、恐る恐る魔法《まほう》円が刻まれた手を差し出した。

——ええと。まずはこんばんは、レーガン様。あの……どうしました？　伝言届きませんでしたか？

――届いた。事情も兵士から聞いているが、どうせ眠《ねむ》れもしないから様子を見に来た。大丈夫《だいじょうぶ》か……と聞くも愚《おろ》かか。

――はあ。御覧《ごらん》の通り悲惨《ひさん》な有様です。多分今の私が添《そ》い寝しても悪夢しか見ないと思うので、あんまり手は繫《つな》がない方がいいと思います。目の毒ですよ。

私より精神状態が芳《かんば》しくない人に今の私の感情を味わわせるのも気が引ける。身の置き所がない孤独感に苛《さいな》まれている真っ直中《ただなか》である。声にならない声をひっきりなしに喚《わめ》き散らしているような、混沌《こんとん》とした気分だ。我ながら落ち込み方が極端《きょくたん》過ぎてどうしようもない。

〝身の置き所がない孤独〟か。

レーガン様はぽつりと独り言のように呟《つぶや》いた。

――すみません、後ろ向きで。

――いや、違う。そうじゃない。聞き流せ。第一お前は俺よりは前向きだろう。

――〝そうですね〟とは答えにくい励《はげ》まし方です、レーガン様。

思わず苦笑が浮かんだ。それまで表情筋が硬《かた》く強張《こわば》っていたせいか、笑うというよりも引きつっているような感覚がした。

少し余裕《よゆう》が生まれたのか、ふとレーガン様の表情に疲労《ひろう》の影《かげ》を見て取った。あれだけあっさり寝入《ねい》ってしまう人が、独りだと本当に眠れないのか。添い寝を交換《こうかん》条件に衣食住を保証してもらっている身としては申し訳なく思う。かといってこの状態で添い寝して更《さら》なる悪夢を見せるのも……。

と、不意に例のマドレーヌの存在を思い出した。レーガン様に「ちょっと待っていてください」と言って部屋に戻り、机の上に放置していたマドレーヌの袋を摑《つか》んだ。何も考えず口に放り込んでいたので全部食べきってしまったのではないかとも思ったが、辛《かろ》うじて一つだけ袋の中に残っていた。

扉の方へ戻り、マドレーヌの袋をレーガン様へ手渡《てわた》した。衛兵達が鎧《よろい》を軋《きし》ませながら手元を見下ろしてくる。じっと袋を見つめるレーガン様に説明をしようと、彼の手を握った。

――成功したマドレーヌです。眠れるかどうかわかりませんが、お香《こう》代わりにどうぞ。……あ、でも寝室《しんしつ》には不審物持ち込み禁止でしたっけ。私が硝子《ガラス》の花時計を持っていった時もひたすら調べ倒《たお》されましたね、そういえば。

――香代わりだと言って押し通す。衛兵達に口止めして朝までに胃に収めてしまえば、口うるさいバレットの目にもつくまい。……だがいいのか、折角《せっかく》の成功例を持っていって。

――また焼きます。まだ研究の余地あり、ですから。……すみません。明日の夜には、持ち直せるようにしますので……。

今日だけは、この泣き喚きたい衝動《しょうどう》と向かい合う時間が欲しい。

言葉にしなかった感情を汲《く》み取ってか、レーガン様はため息をついた。そっと伏《ふ》せた紫《むらさき》色の瞳《ひとみ》に、髪《かみ》と同じ深い群青色《ぐんじょう》の睫毛《まつげ》が差し掛《か》かる。

――〝無理はするな〟と言っても、無理をさせている当事者が言っても説得力がないな。……そうだな。いつだったか、お前は俺を〝現実味がない〟と言っていたな。

――は、はい。

見目麗《みめうるわ》しい容姿といい〝王子様〟という肩書《かたが》きといい、私の暮らしてきた日常からかけ離《はな》れている。まるで御伽話《おとぎばなし》の登場人物だ、と一体何度思ったことか。

やや失礼な言いようを気にも留めず、レーガン様は淡々《たんたん》と話を続けた。

――〝現実〟はわざわざ見ようとしなくとも見ざるを得ないものだ。逃《に》げようがない。……だから、一時現実を離れたくなったら俺を利用しろ。

――え。

――幸い、今のところはまだ顔や肩書きを変える予定はない。こんなもので多少なりとも気が紛《まぎ》れるなら存分に利用するといい。……まあ、何にしても精神を休ませる術は確保しておけ。酷使《こくし》はろくな結果を招かないぞ。

私と繋いでいない方のレーガン様の手が徐にこちらへ近づいてきた。泣きはらして熱を持った下瞼《したまぶた》を、すう、と指の背で撫《な》でられる。

突然《とつぜん》の接触《せっしょく》に硬直《こうちょく》しているうち、あっという間に手は離れていった。魔法円が刻まれた手を解《ほど》き、レーガン様は「×××××、マツリ」と聞き取れない言葉を告げて通路の向こう側へと歩いていった。衛兵達も彼に従い、規律正しく去ってゆく。

少しの間呆然とその場に立ち尽《つ》くしていたが、ふとこの場に残っている監視の兵士二人へ目を向けた。それと同時にこちらを向いていた兜《かぶと》が思い切り軋んだ音をたてて前方へ向き直った。

……兵士二人の反応など気にしない素振《そぶ》りを装《よそお》い、よろよろと自室に引き返した。

先程《さきほど》まで蹲っていた椅子へ座り直し、長いため息を吐き出す。

「……相変わらず、説得力のない人だなあ」

そう零《こぼ》しはすれども、彼自身がそういう苦痛を味わっているから言っているのだとちゃんと理解している。

正直あの人にはただの抱《だ》き枕《まくら》としか見られていないと思っていた。だがそれなら無理にでも寝室へ呼ばれたか、そもそもこうして様子を見に来たりはしなかっただろう。説得力がない上に口下手な人だ。〝自分を利用しろ〟なんて高圧的な言い方以外にも、心配と励ましを伝える言葉はあるだろうに。

「……」

机の上に突《つ》っ伏《ぷ》し、目を閉じる。

言語も文化もわからない場所で衣食住を保証されていて、気にかけてくれる人達が周りにいる。痴女《ちじょ》だ不審者だと言われながらも不敬罪だの処刑《しょけい》だのと命の危険に晒《さら》されることはなかった。一応は帰還《きかん》の術も調査してもらえている。

のたれ死んでも不思議はなかった。無事にここまで来た私は、きっと恵《めぐ》まれているのだろう。

それでもまだ、今は。


その夜、夢を見た。

泣きじゃくる小さな百日の背中を。

夜明け前に目が覚めた時、あの子の夢を〝夢〟として受け止め、未だ終わらぬこの御伽話が夢ではないこともきちんと理解している自分がいた。ここは何処《どこ》だと混乱する日はきっともうないのだろうと、漠然《ばくぜん》と感じ取った。それが酷《ひど》く——寂《さび》しかった。


机に突っ伏したまま寝《ね》ていたせいで腰《こし》や首がとにかく痛い。早々に料理人見習いの制服を着込んだ後、第二調理室へ行く前に軽く体操をして強張った体を解《ほぐ》す。

と、軽く扉《とびら》を叩《たた》く音と共に控《ひか》えめな声が聞こえてきた。恐《おそ》らくトイだろうなと思いながら扉まで行き取っ手を押し開くと、案の定そこに立っていたのはトイだった。普段《ふだん》、いつの間にか部屋にいて私の監視とメイドの仕事に励んでいるトイよりも早く起きていたとは。驚《おどろ》いた。

「シィラーサ、トイ」

「……シィラーサ、スイ・リンドウ」

歯切れの悪い返答と敬称《けいしょう》づけの呼び方に著《いちじる》しい違和感《いわかん》を覚えた。トイは私を名字で呼んでいただろうか……いや、そもそも今まで名前で呼ばれたことがあっただろうか。そんな彼女が名字呼び敬称づけ？　怖《こわ》い。今度は何を企《たくら》んでいるんだ、この見た目天使の毒舌《どくぜつ》メイドは。何時《いつ》にも増して強い視線をひしひしと感じたが、何か恐ろしいので早々に第二調理室へ出勤することにした。

客室を出て、兵士達やトイを引き連れて早足で第二調理室へ向かう。ふと昨夜気になっていた作業場へ続く勝手口を探してみると、調理場に入る扉より更に通路の奥へ進んだところにぽつりと扉が存在していた。下働きのメイド達が食材の入った箱を抱《かか》えて忙《せわ》しなく出入りしている。

中では既《すで》に野菜洗い等の下準備を始めている子達がいたので、彼女達に「シィラーサ」と挨《あい》拶《さつ》をしながら作業場へと入った。

いつも通りメルの隣《となり》に並ぶと、彼女は純朴《じゅんぼく》な笑《え》みを浮《う》かべ「シィラーサ、スイ・マツリ」と声をかけてくれた。……同じ挨拶でもこちらは癒《いや》しを感じる挨拶だ。間違《まちが》っても殺気や恐怖《きょうふ》は感じない。メルはもう奇怪《きかい》な魔法《まほう》円にも慣れた様子で、控えめに手を差し出してきた。冷たい手を握《にぎ》ると、気遣《きづか》わしげなメルの声が頭の中で響く。

——今日は随分《ずいぶん》お早いですね。……大丈夫《だいじょうぶ》ですか？　夜の皿洗い担当のメイドから、遅《おそ》くまで何か作っていたようだと聞きましたが……。

——ああ、うん。心配してくれてありがとう。大丈夫、焼き菓子《がし》を作ってただけだよ。そうだ、メルは甘いお菓子は大丈夫？　昨日たくさんマドレーヌ試作品を焼いたんだけれど、よかったら他《ほか》のメイドさん達と一緒《いっしょ》に食べて。

——えっ、甘いお菓子？　あるんですか？　わあ、是非《ぜひ》いただきます！　城内でお菓子を食べるのは久しぶりです！

ぱあっと嬉《うれ》しそうに笑んだメル。ふとその笑みが妹の笑顔と重なって、苦笑《くしょう》が零《こぼ》れた。……完全に気持ちを立て直すには、まだまだ時間がかかりそうだ。

しばらくの間ひたすら野菜洗いを手伝い、料理人達が集まってくるとそちらの方の仕事へ移った。ホイットは私がいることにぎょっとしたが、何も言わず背中を叩かれた。うっすらと目が潤《うる》んでいる。

その後繋《つな》いでいた手を離して私に背中を向け、密《ひそ》かに調理室の隅《すみ》に行って目を拭《ぬぐ》い鼻をすすっていた。……あの世話焼きぶりと涙《なみだ》もろさがそこはかとなく兄を思わせたが、それを言うと更《さら》に号泣《ごうきゅう》しかねないのでそっと胸の内に留《とど》めておくことにした。

朝食の準備は、普段以上に気合いを入れて臨《のぞ》んだ。あれだけ親身になって協力してくれた人達に、昨日のように集中出来ず迷惑《めいわく》をかけるわけにはいかない。目をぎらつかせながら食材を手に料理人達の間を駆《か》け回っていると、度々《たびたび》後退《あとずさ》りされた。

朝食の準備が終わると、食堂へと移動した。普段食事時も監視《かんし》の目を光らせているトィは、今日は珍《めずら》しくやや離れた場所に立っていた。見張りの目もあからさまに緩《ゆる》い……というより、俯《うつむ》いて考え込む姿がよく見られた。

……今日は本当に一体どうしたんだろう。じっとトィの方を見ていると、ブリジットさんに肩《かた》を叩かれた。彼女は首を横に振《ふ》り、魔法円が刻まれた私の手を握った。

――しばらく放っておいてやってくれないかい。今あれで葛藤《かっとう》中なんだよ。負けん気の強い子だから、今触《さわ》ると反発して無駄《むだ》に噛《か》みついてしまうと思うんだ。

――？　そうですか。わかりました。

――すまないね。嫌《いや》な思いばかりさせて。でも今度はきっと、悪いようにはならないと思うよ。

言って、ブリジットさんは穏《おだ》やかに微笑《ほほえ》んだ。

それ以上トィについて聞くのは控えた方がいいだろうと、ひとまず会話を切り上げて料理の並ぶテーブルの方へ行った。

昨日一日で目的を果たし、腹の奥に溜《た》まっていたものを吐《は》き出して大泣きした分、いくらか気分も晴れたようで少し食欲《しょくよく》も戻《もど》ってきていた。ただ昨夜のマドレーヌの試食回数も考慮《こうりょ》して、カシェと野菜サラダだけに留めておく。

カシェの具を何にするかテーブルの前で考慮していると、隣に誰《だれ》かが並び立った。見ると色《いろ》香漂《かただよ》う顔立ちの男性、ブリジットさんの息子《むすこ》のアルジャンさんがこちらを見下ろしていた。

無言で見つめ合って数秒後アルジャンさんはすうっと片手を持ち上げ、私の料理の盆《ぼん》の上に、可愛《かわい》らしい格子《こうし》柄《がら》の紙に包まれた小さな〝何か〟をいくつか落とした。そして酷くぎこちない仕草で私の頭を撫《な》で、食事の席《かし》の方へ歩き去っていった。

何だったのだろうかと首を傾げながら自分の席へ戻ると、私より更に愕然《がくぜん》とした様子のブリジットさんが離《はな》れた席で同僚《どうりょう》らしき人達と食事を摂《と》っているアルジャンさんを凝視《ぎょうし》していた。

その表情を横目に見つつ、盆の上に転がった格子柄の包みを一つ開いてみた。つやつやとした輝《かがや》きを帯びた黄色い果実らしきものだ。ブリジットさんはまだ硬直《こうちょく》したままなので、もう片側の隣に座るホイットに聞いてみた。

――ホイット。これ何？

――ん。カルンだな。えーと、生の果物に飴《あめ》をからめた庶民《しょみん》の定番菓子だ。

なるほど、所謂《いわゆる》リンゴ飴か。

食事前だとわかっているのに、ついつい指先は小さな果実を摘《つま》み上げて口に放り込んでいた。果物の瑞々《みずみず》しさと果肉を包む薄《うす》い飴のぱりぱりした食感が楽しい。昨夜のマドレーヌの食べ応《ごた》えのある甘さとはまた違《ちが》う、天然の果実の甘みに唇《くちびる》が綻《ほころ》んだ。

ホイットは首を傾げ、「わざわざ城下町で買ったのかな、ブリジットさんの息子」と呟《つぶや》いた。

——あー……そういえば私、甘い物が欠乏《けつぼう》しているってあの人に漏《も》らした覚えが……。

——へえ。やるな、ブリジットさんの息子。……ああでも、気をつけろよ。ブリジットさん、割と本気で息子の恋愛《れんあい》事情を心配してるから。気を抜《ぬ》くと嫁《よめ》にされるかも、なぁんて。はっはっは。

——はっはっは。何その脈絡《みゃくらく》のない結婚《けっこん》話。

何気なくブリジットさんへ視線を戻す。いつのまにか満面の笑みで私を見つめていて、咄嗟《とっさ》に思い切りホイットの方へ顔を背《そむ》けてしまった。

食事が終わり、客室へ戻る。後ろをついてくるトイや兵士達からは特に何の伝言もないので、恐らく今日も通常通りコンさんの〝調査〟があるはずだ。

部屋に戻っていつも座っている椅子《いす》に腰掛《こしか》け、黙《だま》ってコンさんの到着《とうちゃく》を待つ。さして時間を置かず扉を叩く音がして、出入り口付近で控えていたトイが訪問者を迎《むか》え入れた。

コンさんは静かにこちらへ歩み寄り、私の正面の席についた。冷ややかな眼差《まなざ》しに晒《さら》され、昨日の件を思い出して胃が絞《しぼ》られる思いがした。ぐっと耐《た》えて正面を見据《みす》え、口を開く。

「こんにちは、コンさん。早速《さっそく》ですが昨日の魔法円、もう一度使わせてください。色々整理をつけてきました」

「……そうですね」

何か違和感を覚える答え方に、僅《わず》かに眉《まゆ》を顰《ひそ》める。

コンさんは無言で懐《ふところ》から昨日使ったものと同じ魔法円を取り出し、机の上に広げてみせた。相変わらず凝視すると気持ちが悪くなってくる緻密《ちみつ》な字の羅列《られつ》だ。顔をやや背けながら片手で魔法円に触《ふ》れ、もう一方の手をコンさんへ突《つ》き出した。

コンさんも私と同じ動作を繰《く》り返した。突き出した私の手を握る直前コンさんは渋《しぶ》い表情を浮かべ、ふっと短いため息をついた。そしてようやく触れた魔法円を通して、外側の平静ぶりからは一切《いっさい》感じ取れなかった僅かな気まずさが伝わってきた。

——え？　な、何……？

——昨夜、火婦人……ブリジット・ランビリズマに呼ばれて、トイと共に第二調理室へ行きました。調理室奥の作業場に通されて、貴女《あなた》のやることを見届けろと。

そう言われて、頭の中で昨夜ブリジットさんが調理室へ現れるのが遅かったこと、今朝《けさ》からトイの様子がおかしいことが全《すべ》て繋がった。言われてみれば洗い物は全てブリジットさんが済ませたので、私は作業場には一切立ち入っていなかった。

はあ、と気の抜けた声が口から漏れる。

――だからこの気まずい感情なのですね。なるほど。……怒《おこ》っていいですか？

――どうぞ。

――では早速。……今更《いまさら》？　今まで散々色々やっておいて、何を今更気まずく思うんです？

菓子一つに奇跡《きせき》を託《たく》し、それが幻想《げんそう》だと思い知った私の姿はさぞ理解の範疇《はんちゅう》を超えた滑稽《こっけい》なものだっただろう。それが何だ。昨夜以上の屈辱《くつじょく》も醜態《しゅうたい》も散々コンさん達の前で晒してきた。

だがそれはコンさん達が〝王子様〟であるレーガン様の安全を守るため、身元の知れぬ人間を警戒《けいかい》し排除《はいじょ》するために手を尽《つ》くした結果だ。そう思うから苛立《いらだ》ちにも腹立たしさにも耐えた。

なのに今更気まずいとは何だ。その程度で揺《ゆ》らぐような覚悟《かくご》の人間に、こちらは今まで気まずいどころで済まされない精神疲労《ひろう》を与《あた》えられてきたのか。冗談《じょうだん》ではない。王子を守るという〝義務〟を携《たずさ》えている人間なら、最後まで冷静な判断力を保つべきだろう。

哀《あわ》れみなんかで認められたいわけじゃない。真っ当な理由の下《もと》に納得《なっとく》して認めて貰《もら》わなければ、意味がない。

目の前の魔《ま》法《ほう》円をぼん、と掌《てのひら》で強く叩《たた》く。側《そば》で成り行きを見つめていたトイの肩が僅かに跳《は》ねたのを横目で見て、すぐにまたコンさんの冷ややかな目と対峙《たいじ》する。

――この魔法円を働かせるために、全部捨ててきました。夢も希望も都合のいい願望も全部。

殺《そ》ぎ落として残ったのは御覧《ごらん》の通り、何の力もないちっぽけな娘《むすめ》一人です。惨《みじ》めなものです。レーガン様との取引がなければ、帰る術《すべ》の調査どころかここに留まることすら叶《かな》わない。

――……。

――それでも帰りたいんです。何を言われようとどう思われようと、どれだけ惨めな思いをしようと、何度だって言います。私の世界はここじゃない。……魔法円を働かせてください。気まずい思いをするなら魔法円が成功したその後に、でしょう。

怒《いか》りのままに言葉を紡《つむ》ぎ終え、ふっと鋭《するど》く息を吐く。実際口に出して言っているわけではなくとも、熱が籠《こも》ると全身に力が入る。

怒濤《どとう》の勢いで流れ込む言葉を何も言わず受け止めていたコンさんは、やがて「わかりました」と答え、目の前の魔法円を撫でた。途端《とたん》、淡《あわ》い燐光《りんこう》が魔法円の文字を浮《う》かび上がらせる。

――ですが、これだけは先に言っておきます。……貴女を追及《ついきゅう》したことは間違《まちが》いだと思っていません。ですがそれほど重い台詞《せりふ》だとは考えず、安易に〝異世界にいる自覚〟と口にしたこと。……申し訳ありませんでした。

――は？

何かコンさんらしからぬ言葉が聞こえた気がしたが、それを改めて問い返す間もなく詠唱《えいしょう》の声が朗々と響《ひび》き始めた。

紡がれる呪文《じゆもん》に呼応して目映《まばゆ》い光を放ち始める魔法円。いつかの日と同じように、目を閉じて〝最初の日〟、この世界へやってきた朝を思い描《えが》く。

頭の中に、思い出そうとしなくとも過去の記憶《きおく》が鮮明《せんめい》に蘇《よみがえ》ってゆく。走馬灯《そうまとう》とはきっとこういうものなんだろう。映像とその時感じた感情は止めようもなく流れ、遡《さかのぼ》り続けてゆく。

昨日とは明らかに違う。目蓋《まぶた》の向こう側にある光は絶え間なく輝き続け、私の辿《たど》ってきた過去の道を澱《よど》みなく手繰《たぐ》り寄せてゆく。

ふと映像は暗闇《くらやみ》に染まり、対して他《ほか》の感覚が鋭敏《えいびん》に伝わってきた。眠《ねむ》る私の指先が敷布《しきふ》を撫でる。側には他者の温《ぬく》もりがあった。

いよいよその先へ——いや、王子様の寝室《しんしつ》へ来る前の私が何を感じていたのか、私自身でさえわからない〝過去〟へと魔術《まじゅつ》の光が導こうとしたその時、突如《とつじょ》として暗闇の時が終わった。

爆《は》ぜた光に飲み込まれて、閉じていたはずの目が眩《くら》んだ。視界が完全な白に塗《ぬ》り潰《つぶ》され、思わずコンさんと繋《つな》いでいる手に力を込める。

だがその手は何も掴《つか》むことはなかった。自分の爪《つめ》が掌に食い込む痛みを感じると同時に、白く染められた視界が急激に変化し始めた。

包装紙を剝《む》かれてゆくかのように白い視界はばらばらと剝《は》がれ落ち、赤黒く澱んだ〝向こう側〟を眼前に晒してゆく。

炎《ほのお》を孕《はら》み、赤く焼けた光を時折覗《のぞ》かせる黒い空。渦巻《うずま》く暗雲。足元を這《は》う霧《きり》は生き物の如《ごと》くうねり絡《から》みつく。悲鳴かそれとも獣《けもの》の咆哮《ほうこう》か、言葉にならない声が常に耳の中に木霊《こだま》していた。禍々《まがまが》しい空気に喉《のど》がひりつく。無我夢中で伸《の》ばした腕《うで》が、焼け付いた世界の中で嫌《いや》に白く浮き上がっていた。

その色は剝がれ落ちてゆくあの白い視界に似ている。思うと同時に、あるいは思うよりも早い時点で、私の腕は飛散した。血も肉も骨もない。最初から小さな部品を積み上げて作ったものだったように呆気《あっけ》なく、ばらけて崩《くず》れた。

ぷっつりと悲鳴は途切《とぎ》れる。ずっと聞こえていたそれは自分自身があげていたものだったのだと、ようやく気がついた。

飛散する体。暗転する世界。そのまま体が暗闇に溶《と》けてゆく気がした時、ふと目の前で青い火花が散った。それはぱちぱちと音を立てながら燃え広がり、暗闇に浸食《しんしょく》された世界を再び白く染め上げてゆく。

辿りきれない道のりの中で、酷《ひど》く優《やさ》しい声がありあまる程《ほど》の慈悲《じひ》を込めて囁《ささや》いた。

——馬鹿《ばか》だね、君は。

——これは誰《だれ》も喜ばない、最低の選択《せんたく》だ。

自分の体を揺さぶられる感覚に、びくりと体が跳ねた。反射的に飛び起きて周囲に目を走らせる。見慣れた城の客室だ。窓から見える空は青く澄《す》み渡《わた》っている。そして何より私の腕も体も、ばらばらに砕《くだ》けたりしていない。

胸《むね》を撫《な》で下ろす私の横で、私の肩《かた》を掴んでいたトイがはああっと深いため息を吐《は》き出して項《うな》垂《だ》れた。淡い色の髪《かみ》の隙間《すきま》から見える顔色は血の気が引いて真っ青になっていた。

次いで正面の席へ目を向けると、厳しい顔つきで私を見つめるコンさんがいた。彼の顔もまた、トイに負けず劣《おと》らず青ざめている。強く握《にぎ》りしめた互《たが》いの手から青い火花のような光が爆ぜ、ぱちぱちと音を立てていた。

コンさんは握り合わせた手の方へ視線を落とし、ぶつぶつと何事か呟《つぶや》いた。ゆっくりと火花が静まってゆくのを見つめながら、彼は引き結んだ唇《くちびる》をゆっくりと解《ほど》いて言った。

――あれが、貴女の故郷〝日本〟ですか？

――あんな地獄《じごく》じみた故郷は嫌です。

開口一番に何てことを言うんだ、この男。

ずきずきと鈍《にぶ》く痛む頭を押さえ、手元に視線を落とす。机の上に広げていた魔法円の紙が細かく千切れ、ただの紙吹雪《かみふぶき》の塊《かたまり》と化していた。

ため息を吐き出し、コンさんへ目を向ける。

——うー。頭痛い。吐きそう。……これ、失敗ですよね。途中《とちゅう》までは上手《うま》くいっていたのに。

——……。私のせいですか？

——……。いえ。申し訳ありません。恐《おそ》らくはこちらの不手際《ふてぎわ》です。魔術の暴走に反応が似ていましたから。……あの景色に見覚えは？

——ないです。ついでに言うと、私の世界の何処《どこ》にもあんな場所はないはずです。どちらかというとこちらの世界にありそうな景色ですが、コンさん心当たりは？

——あんな奇怪《きかい》な場所は存在しません。……とにかく、暴走の原因を調べてみます。念のため貴女《あなた》は医者に診《み》てもらいなさい。トイには言っておきますから。

——はい。頭痛薬が欲しいです……。

コンさんはじっと私の様子を観察していたが、やがて強く握りすぎて強張《こわば》った手をゆっくりと解き、机の上に飛散した魔法円の紙を慎重《しんちょう》に回収し始めた。

トイは血の気の引いた顔を無理矢理《むりやり》に引き締《し》め、離《はな》れた場所に置いてあるお茶を淹《い》れる道具を揃《そろ》えた台車の方へ歩いていった。ティーポットを握る白い指先が僅《わず》かに震《ふる》えている。

何気なく自分の手を見下ろす。自分の意思で動く、血の通った色の腕だ。ふと砕け散った腕の幻影《げんえい》が過《よぎ》り、強く拳《こぶし》を握りしめて頭《かぶり》を振《ふ》った。

あんな地獄めいた景色に見覚えなどない。
けれど、何故《なぜ》だろう。
こんなにも不安をかき立てられるのは。

五章

Chapter 5

魔《ま》法《ほう》円ばらばら事件から早くも一週間が経《た》った。
未《いま》だ、事件の真相は解明されないままである。

私への聞き取り調査は引き続き行われているが、コンさんは例の突《つ》っかかった物言いをぴたりとやめていた。それはトイも同じで、殺気混じりの監《かん》視《し》の目を向けることがなくなった。今までが今までなのでいっそ不気味ですらある。

またすぐに新しい改良版魔法円を持ってくるのかと思っていたが、一週間経ってもそういった気配はなかった。少しほっとしている。あの日以来、時々酷く頭が痛くなる時があった。黙《だま》っていればじきに治まる上、診て貰《もら》った老医師も特に異常はないと言っていたので大したことはないのだろうけれど、やはりあの不気味な映像を見せた魔法円にはしばらく関《かか》わりたくない。

進展しない調査とは対照的に、私の城で過ごす生活への〝慣れ〟は着々と進んでいった。
大分気持ちも落ち着いたのでレーガン様との添《そ》い寝が再開された。あの人曰《いわ》く「近頃《ちかごろ》早めに仕事を切り上げることを覚えた」らしいが、それでも十分に帰りは遅《おそ》い。

ちなみにお香《こう》代わりにと渡したマドレーヌを枕元《まくらもと》に置いた結果、残念ながら眠《ねむ》れなかったそ

うだ。朝コンさんが様子を見に来る前に胃に収めたと言うので感想を聞くと、心の声が「乾燥《かんそう》

して硬《かた》くなっていた。停止の魔術を解いた直後に食べればよかった」と答えた。……やっぱり

甘い物好きだろう、この人。

もう一つ。異世界にやってきてからもう半月以上経つが、それでもレーガン様の両親から一《いっ》

切接触《さいせっしょく》がない。レーガン様からもコンさんからもそのあたりの話が出てこないのを見る限り、

全くと言っていい程交流のない親子なのだろうか。

第二調理室での仕事も、途中で体力の限界を感じる回数が減った。他《ほか》の料理人達の補助だけ

ではなく、簡単な野菜の下処理を教わり始めている。……初めて仕事の中で包丁を持たされた

時、私より先にホイットが感激で涙《なみだ》ぐんでいた。涙もろいにも程がある。

異世界料理製作についても、調理に携《たずさ》わっているうち材料の特徴《とくちょう》や使いどころが自然と身に

ついてきたらしく、何を作ろうかと考えた時〝あれを使おう〟と決めるまでの時間が明らかに

短くなっていた。食事や食材を記録した紙束があまりにも分厚くなり過ぎて、保管場所に困っ

ている。

マドレーヌにも材料を変えて挑戦《ちょうせん》し続けているが、流石《さすが》に一週間も試食を続けていると食べ

飽《あ》きてきた。試食し過ぎて元々のマドレーヌの味を忘れてしまっては元も子もないので、気分

転換《てんかん》に別のお菓子《かし》も作ってみた。作り過ぎても時間を止める魔術《まじゅつ》の機械を使えばいいので、遠慮《えんりょ》なく量産出来る。

目まぐるしく進んでゆく日々の中、こちらの世界へ来て十七日目の夜のこと。

——そういえば、明日レーガン様のご友人が王城を訪ねてくるって聞きましたよ。えーと…

…ぬるぬる国？　の第一王子様でしたっけ。

——ニールリュル国、だ。

——ああそうそう。それです。

恒例《こうれい》となった寝る前の雑談で、料理人達から聞いた話を何気なく聞いてみた。料理人達曰く、王族や来客のための食事を担当する第一調理室の料理人達が、他国の王子にクウェンティン国王城自慢《じまん》の料理をたっぷり召《め》し上がっていただこうと色めき立っているらしい。

——ぬ……ニールリュル国って、例の黒髪《くろかみ》が多い国ですよね。レーガン様、妙《みょう》に話題に出すのを嫌《いや》がっていましたけれど、料理人達は〝お互いの国をよく行き来する程《ほど》親しい間《あいだ》柄《がら》〟だって言っていましたよ？

——あそこは小国だが、戦力はクウェンティンに次ぐ。不思議と魔術に優《すぐ》れた者が多く、魔術教育も徹底《てってい》しているからな。親交を深めておくに越《こ》したことはない。

あくまで友人だとは言わないレーガン様。心なしか魔法円からげんなりした感情が滲《にじ》み出ているような。

しかし私はニールリュル国に対して好奇心《こうきしん》がくすぐられていた。政治云々《うんぬん》は全くわからないが、暗い色の髪が多い国は興味がある。何せ城の中には色素が薄《うす》い人間がやけに多いのだ。例えばトイの明るい茶の髪、ブリジットさんやアルジャンさんの赤毛、コンさんの総若白髪《わかしらが》……いや銀髪《ぎんぱつ》。

今のところ知っている限りで私に近い髪色は深い群青《ぐんじょう》色の髪をしたレーガン様だ。この城でこの黒々とした頭はとても目立つ。

——ぬ……ニールリュル国の第一王子様も黒髪なんですか？

——俺の髪色を濃《こ》くしたくらいの色だったな。お前程黒くはなかった。……興味を持つのを止めはしないが、なるべくニールリュル国の関係者と接触しないよう気をつけろ。

——え。何故に。

——前にも言ったと思うが、お前程黒い髪の持ち主だと〝神の祝福〟と言い出すかもしれない。面倒《めんどう》事になりかねない。

——それなんですが、暗い色の髪の人が多い国なのに何故黒髪が〝神の祝福〟扱《あつか》いなんです？　お国柄《くにがら》珍《めずら》しいコンさんみたいな銀髪がもてはやされる、というのだったら理解出来ますが。

度《たび》重なる質問に、レーガン様はふうとため息をついた。腹辺りを抱《だ》く腕《うで》を良いように抱《かか》え直しながら、淡々《たんたん》と説明してゆく。

——あの国には独特の信仰《しんこう》がある。フォンセと呼ばれる夜の女神《めがみ》がこの世界に魔力《まりょく》を満たし、生命を育んでいるそうだ。フォンセを信仰する者にとってニールリュルは夜の国……、つまりフォンセの祝福を受けた国、らしい。

世界に魔力を満たす夜の女神。なるほど。レーガン様が先程〝ニールリュル国は魔術に優れた者が多い〟と言っていたのも、フォンセ信仰をもとに言わせれば〝女神の祝福〟となるわけか。暗い色の髪が多いというのも、そういった独自の宗教観念を生んだ理由なのかもしれない。

レーガン様は「そうだ」と肯定《こうてい》した上で、話を続けた。

——夜と言えば黒。黒はあの国にとって聖なる色だ。……さて。お前程黒い髪の、しかも異世界から来たという人間は、フォンセ信仰者にとってどう映る？

——ええと。……神の国より降臨したる奇跡《きせき》の娘《むすめ》！　崇《あが》め敬い奉《たてまつ》れ！　帰還阻止《きかんそし》フラグ発動！　万が一帰還したとしても神の使者の去った国は大混乱、立つ鳥跡《あと》を濁《にご》しまくり！

……といった感じですかね？

——だろうな。まず間違《まちが》いなく政治利用される。

——はい、絶対近づきません。仕事以外の時でも帽子《ぼうし》を被《かぶ》るように心がけたいと思います。一応お聞きしますが、その国独自の宗教なんですよね？　クウェンティンは関《かか》わりありませんよね？

——全くない。フォンセ信仰に言わせれば、色素の薄い者が多いクウェンティンは〝月と星の国〟らしいがな。

——へえ。……月と星の国の王子様……。

顔を上向けて、まじまじと整った顔立ちを見上げる。深い群青色の髪と煌《きら》めく紫水晶《むらさきずいしょう》の瞳《ひとみ》は、確かに夜空に輝《かがや》く星と呼べそうだ。

レーガン様は思いきり顔を顰《しか》め、頭の天辺《てっぺん》を顎《あご》でぐりぐりと抉《えぐ》ってきた。

——歯の浮《う》く台詞《せりふ》を考えるな。今から気が重くなる。

——痛い痛い！　何だかさっぱりわかりませんがわかりました、わかりましたから！　それ冗談抜《じょうだんぬ》きで痛いんですレーガン様！

必死にお願いしてようやく襲撃《しゅうげき》が治まり、両手で頭の天辺を押さえて痛みに呻《うめ》く。その間に襲撃の犯人は寝《ね》入《い》ったようで、背後からすうすうと安らかな寝息《ねいき》が聞こえてきた。

やり返してやりたい衝動《しょうどう》をぐっと堪《こら》え、大人しく目を閉じた。

にしても、久しぶりに黒髪を見てみたいと呑気《のんき》に考えていたが、思っていたより厄介《やっかい》そうな国だ。普通《ふつう》に過ごしていれば他国からの賓客《ひんきゃく》と見習い料理人が遭遇《そうぐう》する機会などないと思うが、一応注意を払《はら》っておこう。痴女《ちじょ》や不審《ふしん》者扱いは嫌だが、わけのわからない崇拝《すうはい》も御免被《ごめんこうむ》る。

＊

朝早くに起きて客室に戻《もど》り、見習い料理人の制服に着替《きが》えて第二調理室へ行く。その繰《く》り返しにも慣れてきた。他国から訪問客が来るといっても第二調理室やその周辺の人々にはあまり関係のない話なので、別段周りの雰囲気《ふんいき》も仕事の内容も普段《ふだん》と変わらない。

ただ、コンさんの聞き取り調査はしばらくの間中止になった。ニールリュル国の第一王子が訪問してくる関係で、宮廷魔術師《きゅうていまじゅつし》として仕事をしなければならないらしい。その間も調査は続けていますのでご安心を、と言われ多少心配も紛《まぎ》れた。

ぽっかりと空いてしまった朝以降の時間は、溜《た》まっている試作マドレーヌや別種のお菓子の消費と記録へあてることにした。……時を止める魔術をかけてあるのだから作った日々を気にする必要はないとわかってはいる。だが賞味期限というものがあって当たり前の生活をしていた人間なので、三日以上放置するのは気持ちの問題でしにくい。

第二調理室付近にある休憩《きゅうけい》室で、保存しておいたお菓子類を次々と出していく。こんなことをする時まで律儀《りちぎ》に張り付いているトイは、じいっとこちらの様子を見つめていた。明らかに監視《かんし》の意味合いを含《ふく》む視線ではない。

ふといいことを思いついた。食べるつもりでいたものの中から、既《すで》に記録を終えてある単純に多く作りすぎただけのお菓子を選《よ》り分ける。一口大に作った見た目が可愛《かわい》らしいアップルもどきパイと生クリームたっぷりの贅沢《ぜいたく》プリンも付けた。

壁際《かべぎわ》に控《ひか》えるトイに手招きをして呼び寄せ、手を繋《つな》いだ。

——トイ、どうせここにいるなら一緒《いっしょ》に食べない？

——なっ。い、一体何を企《たくら》んでいるんですか。

——ふふふ。よくぞ聞いたな。試作マドレーヌは第二調理室の料理人達、メルや他《ほか》の下働きのメイド達、砂糖菓子《がし》をくれたアルジャンさん等に配って歩いていて、最早誰《もはやだれ》に渡《わた》しても〝またか〟と言われてしまうであろう有様なのだよ。……消費に協力してください。

と言ってトイに選り分けたお菓子《かし》を指し示す。トイはしばらく葛藤《かっとう》の表情で立ち尽《つ》くしていたが、やがて「仕方がありませんね」と呟《つぶや》き、何処《どこ》となく落ち着かない様子で流し台の方へ向かった。カップに水を注ぐと、私の向かい側の席についた。

小首を傾《かし》げ、トイへ手を差し出す。

——トイは試食が目的じゃないんだし、水じゃなくてお茶を飲んだら？

——……貴女《あなた》が試食するのなら、お茶の匂《にお》いが邪魔《じゃま》になるでしょう。

——ああ、そっか。ごめんね、気を遣《つか》わせて。

流石《さすが》メイド。意外なくらい細やかな気の回しようだ。驚《おどろ》いてまじまじとトイを凝視《ぎょうし》していると、彼女は私の手を離《はな》してふいとそっぽを向いてしまった。

選り分けられた試作マドレーヌの中から一つ手にとって口に頰張《ほおば》った。一口食べて目を瞬《またた》かせ、二口三口と食べ進めていく様子を見る限り、ひとまずまずくはないようだ。

私は私で新たな試作マドレーヌの試食をしていった。今回のマドレーヌは、ブリジットさんが新たに取り寄せたという癖《くせ》の少ないバターと今まで城で扱っていなかった品種の小麦粉もどきを使わせてもらったものだ。驚く程マドレーヌが前より更《さら》に覚えのある味へ近づいた。

組み合わせ等を紙に書き込みながら、トイを見やる。彼女に差し出したお菓子の量は決して少なくなかったが、早くも半分が消えてなくなっていた。小柄《こがら》な体からは想像がつかない食べっぷりに目を見張りつつ、魔法《まほう》円が刻まれた手でトイの手に触《ふ》れる。

——如何《いかが》でしょうか。

——美味《おい》しいですわ。

——あら素直《すなお》。びっくりした。……トイって甘い物好きなんだ？　じゃあ、ええっと、前に私がティラミスってお菓子の話をしたの覚えている？　こっちの世界ってあれを作れるような材料、ある？

あの時はトイの反応を見て遊ぶだけで終わったから、実際にそういうものに心当たりがあるかまで聞かずに終わっていた。

からかわれていたという事実にトイは頰《ほお》を赤らめて眉間《みけん》に皺《しわ》を寄せたが、一つ大きなため息を吐き出し、何事もなかったかのような素振《そぶ》りで答えた。

――わかりません。似たようなものはいくつか思い当たりますが、それが貴女の想像するものに近いのかどうかは判断のしようがありませんもの。

――そっか。まあ、そうだよね。

――いっそ城下町に行けばいいのです。城下の店なり市場なり、一通り巡《めぐ》って自分の目で確かめた方が手っ取り早いですわ。

――城下町。……城下町かあ。

そういえばまだ城の外には出たことがない。今まで城の〝外〟について考えるゆとりがなかったが、言われてみれば城下は一体どうなっているのだろう。窓の外から見えるのは建物の屋根の群れだけで、どうなっているのかまでは見えなかった。

視線は休憩室に設置されている窓の方へと向かう。四角く区切られた中に、澄《す》んだ青空と雲ばかりが広がっていた。


試食会を終えた後は、またいつも通りの日程を過ごした。昼食の準備、ブリジットさんやホイットと共に学習会、夕食の準備。使用人達の料理を担当する第二調理室にはニールリュル国王子が来訪しても仕事には何の変化もないとはいえ、流石にニールリュル国王子関連の話題はひっきりなしに出ているらしく、誰かと手を繋いで雑談するとほぼ必ず例の王子の話題になった。

何でもレーガン様とは公私ともに大変親しく、兄のような存在らしい。今回の来訪も表向きは国を代表する者同士の政《まつりごと》だが、実際は友人として会いに来たのだと皆《みな》が知っている。未婚《みこん》。フォンセ信仰者《しんこう》は女神《めがみ》の恩恵《おんけい》を受けられる夜の時間を出来る限り起きて過ごすらしく、客人のため待機するクウェンティン国側のメイド達が今から憂鬱《ゆううつ》そうにしている。王子の連れてきた従者が驚くほど無能らしい。云々《うんぬん》。尚全《なおすべ》て噂《うわさ》であるため真偽《しんぎ》はわからない。

夕食を終え、客室へ戻る道を行く。後ろを歩く兵士達の存在にも慣れてきた自分が怖《こわ》い。ひとまず妙《みょう》なことに巻き込まれないよう、しっかりと料理人見習いの帽子《ぼうし》を被《かぶ》り髪《かみ》の毛を中へ収めておいた。

そういえばレーガン様は客人の接待があるだろうし、噂が本当ならかなり遅《おそ》い時間まで引き留められるかもしれないと考えながら通路の角を曲がった瞬間《しゅんかん》、勢いよく飛び出してきた人間と盛大にぶつかってしまった。

体勢を崩しかけたが、背後にいた鎧兜《よろいかぶと》が咄嗟《とっさ》に体を支えてくれたので転びはしなかった。私が体勢を立て直したのを確認《かくにん》した後ぎこちなく手を離した動作に、鎧兜の中身がアルジャンさんであることに場違《ばち》いながら気がついた。

対してぶつかった相手は思いきり床《ゆか》に尻餅《しりもち》をついていた。慌《あわ》てて転んだ人間へ手を差し出し、声をかける。

「ご、ごめんなさい。大丈夫《だいじょうぶ》です、か……、…………」

転んだ人間の髪色を間近に見た瞬間、顔が引きつった。……周りが暗いのですぐに気づかなかった。柔《やわ》らかな燭台《しょくだい》の明かりに照らされた人間の髪は、綺麗《きれい》な濃紺《のうこん》だった。

反射的に帽子に手をかけ、自分の髪が帽子からはみ出ていないかを探《さぐ》ってしまった。ひとまず帽子は脱《ぬ》げていない。挙動不審な私には気づかず、その転んだ人間は差し出された手を取りのろのろと立ち上がった。口を動かして紡《つむ》ぐ声と、心の中の声が同時に私の中で響《ひび》く。

——うう、痛い。申し訳ありませんでした、先を急いでおりまして。ああっ、でもよかったっ、ここは何処ですか！　僕はニールリュル国第一王子ニュクス様の従者を務めております、バランと申します。道に迷ってしまって……ニュクス様の客室は何処ですかっ⁉

——あ、ああ、はいはい。客室ですね。大丈夫ですよ。

——わっ、あ、頭の中で声がっ！

私の周りの人間はもう皆魔法円《みなまほうえん》の効果に慣れてしまったので、こういう反応も久しぶりだ。

従者の青年と手を離して兵士達を見やると、中身アルジャンさんがもう一方の兵士を一瞥《いちべつ》した。兵士は無言で頷《うなず》き、ニールリュル国から来た従者に対して短く声をかけた。

従者の青年はしばらくじいっと私の顔を見つめていたが、再度兵士に声をかけられてはっと我に返り、深く頭を下げて兵士のところへと駆《か》けていった。……彼が立ち去った後で帽子がずれていないか再度確認したのは言うまでもない。

しかし私は特に変なことはしなかったはずだ。これ以上関《かか》わることはないだろう。

ほっと胸を撫《な》で下ろし、客室へ向かう道のりを歩き始めた。


客室に戻《もど》って着替《きが》えた後、レーガン様の寝室《しんしつ》へ向かう。想像通り、寝室の主《あるじ》はまだ帰ってきていないようだった。ため息をついて窓際《まどぎわ》の席へ座り、ぼうっと窓の外を眺《なが》める。遥か遠くの街並みの中には点々と光が灯《とも》り、人の営みを感じさせた。

昼間トイは「城下町へ行ってみればいい」と言っていた。確かに料理長の仕入れに頼《たよ》ってばかりでは申し訳ない。そのうちに予定を立てて見に行ってみよう。トイは監視《かんし》役で始終側《そば》にいるから、通訳を頼《たの》んでしまおうか。最近は殺気を向けてくることもないのでいくらか折り合いが付けやすい。

考えているうち、不意に頭の奥で痛みが走った。眉《まゆ》を顰《ひそ》めて頭を押さえ、じっと黙《だま》って痛みに耐《た》える。しばらくそうしているうち、徐々《じょじょ》に痛みが引いていった。

「……。ふう。頭痛薬、飲もう」

ふらふらと椅子《いす》から立ち上がり、寝台《しんだい》側に据《す》え置かれている机へ向かう。冷えたお茶が常備してある水差しを手に取り、カップに注ぐ。一週間前医者に診《み》て貰《もら》った時に処方された丸い形の頭痛薬を口に含み、すぐにお茶で流し込む。この薬は口の中に入れるとすぐに溶《と》け始めるので、早く飲まないと悲惨《ひさん》な目にあう。

口の中に僅《わず》かに残った苦みに顔を顰《しか》め、水差しを持って窓際の席へ戻った。薬の味を洗い流そうとぐいぐいお茶を飲んでいく。

もらった頭痛薬もこれで全部飲みきってしまったが、頭痛が治る気配は一向にない。気は進まないが明日時間が空いている時に貰いにいこうと考えているうち、部屋の扉《とびら》が開いてレーガン様が現れた。

最近は先に寝室にいて着替え終わっているため滅多《めった》に見ることがなかった正装を身に纏《まと》っている。それも以前見た正装より格段に刺繍《ししゅう》や装飾《そうしょく》具が多い、華《はな》やかなものだ。

「お帰りなさいレーガン様。ぬるぬる国王子様とのお仕事、お疲《つか》れ様です」

「……ニールリュル」

恐《おそ》らく私の言葉の半分も理解出来ていないだろうけれど、合間に聞こえた〝ぬるぬる国〟がニールリュル国であると覚えてしまったレーガン様は律儀《りちぎ》に訂正《ていせい》を入れた。

彼は疲れきったため息を一つつき、糊《のり》のきいた上着を脱いだ。そのまま寝台へ行くのかと思いきや、真っ直《す》ぐこちらの方へ来て私の向かい側に腰《こし》掛けた。座った途端《とたん》ふわりと酒気が立ち上り鼻をくすぐった。

レーガン様は紫《むらさき》の瞳《ひとみ》で静かに私を見据《みす》え、手を差し出してきた。持っていたカップを一旦《いったん》机の上へ置き、差し出された手を握《にぎ》り返す。

――運が悪いな、お前も。

――はあ。知らない間に知らない世界にいるくらいには運が悪いですけれど、何故《なぜ》に今それを言いますか？

――道に迷ったニールリュル国の従者と遭遇《そうぐう》しただろう。

どきりと心臓が跳《は》ねた。何故だ。確かに従者の青年と遭遇はしたが、きちんと帽子で髪を隠《かく》していたはずだ。ちょっと曲がり角でぶつかった程度で、他《ほか》に顔を覚えられるような特別なことも一切《いっさい》していない。

レーガン様は繋《つな》いでいない方の手を持ち上げ、私の目元を指し示した。

――眉だ。会ってすぐは気づかなかったが、別れた後しばらくして眉の色が黒だったことに気づいたらしい。

――う……っ、それは気づかなかった……っ！

――俺もだ。うっかりしていた。……ちなみに従者の話を代弁したニールリュルの王子曰《いわ》く〝雲のない澄んだ夜深の空の色をした柳眉《りゅうび》。宝珠《ほうじゅ》の如《ごと》き褐色《かっしょく》の輝《かがや》きを帯びた黒の瞳〟の娘《むすめ》だったそうだ。

――すいません、寒くて鳥肌《とりはだ》が立ってきたので勘弁《かんべん》してください。というか何ですか、何でそんなに意地悪なんですか今日は！

——月と星の国の王子だの夜の女神の愛《いと》し子だのと散々呼ばれてきたんでな。お前とは是非《ぜひ》ともこの薄《うす》ら寒さを分かち合いたいと思った。

言って、目の前の男は明らかな余所行《よそゆ》きの微笑《びしょう》を浮《う》かべてみせた。普段《ふだん》の沈《しず》みきった仏頂面《ぶっちょうづら》が嘘《うそ》のように華やかな目映《まばゆ》さを放っている。デコピンしてもいいだろうか。

私で遊ぶのに満足したのか、レーガン様はあっさりと余所行きの微笑《ほほえ》みを引っ込めていつもの顔に戻った。

——ばれてしまった以上隠しても無意味だろう。もう帽子を被って歩かないでもいい。〝黒髪黒目など探せばどの国にもいる、自国の理論を用いて他国で勝手な行動をするな〟と釘《くぎ》を刺《さ》しておいた。何かあっても外交問題に出来るから安心しろ。

——重い！　励《はげ》ましが重い！

国交の行方《ゆくえ》を背負わされて、何をどうして安心しろと言うのか。

それに〝黒髪は珍《めずら》しいが皆無《かいむ》というわけではない〟と誤魔化《ごまか》せたところで、異世界から来たことがあちらの耳に入ればそれこそ大事だ。

自分の世界へ帰った時のことは後で考えるとして、今はひとまず髪と眉を染めてしまおうかと本気で悩《なや》み始めた。政治利用されるなど絶対に嫌《いや》だ。

翌朝からニールリュル国がどう出るかのかびくついていたが、特に何の動きもなく一日が過ぎていった。ニールリュル国の王子が自国へ帰る日まで何事もなければいいと願った。

その次の日、朝の食事準備が終わった後の空いた時間に、老医師のところへ行って追加の頭痛薬を前よりも多めに処方してもらった。

監視役——今は監視という程窮屈《ほどきゅうくつ》な思いはしていないが、だとすると他にどう言って良いのかわからない存在となった兵士達とトィと連れ立ち、客室へ続く通路を歩く。

たっぷりと苦い薬の入った袋《ふくろ》を見下ろし、ため息をついた。妹の百日が喘息《ぜんそく》を拗《こじ》らせて入院する度《たび》、食事毎《ごと》に出される薬の量を見て毎回愕然《がくぜん》としたものだが、まさか異世界に来てあの子と同じ経験をすることになろうとは思わなかった。

家族は今頃《いまごろ》どうしているだろう。百日は元気だろうか。精神疲労《ひろう》でも体調を崩《くず》しやすい子だから。もし私が家出扱《あつか》いにされているとしたら、両親はあることないこと言われたりしていないだろうか。祖父は心配のあまり心臓を悪くしたりしないだろうか。兄は大人気《おとなげ》なく泣いていそうだ。弟達、喧嘩《けんか》ばかりしていなければいいが。

元の世界へ戻った時、こちらとあちらで時差があったらどうしよう。浦島太郎《うらしまたろう》のように、帰った時家族が誰《だれ》一人いない世界だったとしたら、そんなの帰る意味が——。

「……う」

ぐらり、と何の前触《まえぶ》れもなく目の前の景色が大きく撓《たわ》み、思わず足を止めた。

立っていられずその場に座り込む。鈍《にぶ》く疼《うず》くだけだった頭の痛みが、徐々に金槌《かなづち》で殴《なぐ》られているような激痛に変わっていった。頭を抱《かか》え、歯を食いしばって耐える。周りでトイや兵士達の呼びかける声が聞こえたが、それも甲高《かんだか》い耳鳴りに掻《か》き消されていった。

掌《てのひら》に嫌な汗《あせ》が滲《にじ》む。

きつく瞑《つぶ》った目蓋《まぶた》の奥で、白い白い世界が。

剝《は》がれ落ちて、

——許さない。

獣《けもの》の如き咆哮《ほうこう》が、憤怒《ふんぬ》と殺意をまき散らす。その度に澄《す》んだ空は赤黒い澱《よど》みに色を変え、地面は赤く赤く燃えてゆく。

——たとえ世界が許しても、

許さない。

絶対に。

不意に目の前に青い火花が散った。見覚えのあるその光を認識《にんしき》した途端、地獄《じごく》の風景は一転して白く塗《ぬ》り潰《つぶ》された。

まず真っ先に視界へ飛び込んできたのは、見知らぬ男性の顔だった。一見黒色にも見える程濃《こ》い紺《こん》の髪《かみ》。海の底を思わせる青の目。

呆然《ぼうぜん》と周囲を見渡《みわた》すと、鎧兜《よろいかぶと》を纏《まと》った兵士達がずらりと並んで私と見知らぬ男を囲んでいた。少し離《はな》れた場所で、先日通路でぶつかった濃紺の髪の青年が今にも卒倒《そっとう》しそうな表情を浮かべこちらを凝視《ぎょうし》していた。

再び視線を男へ戻《もど》す。男は最初険しい面持《おもも》ちをしていたが、私と視線がかち合うと真摯《しんし》な表情を消してにやりと唇《くちびる》を吊《つ》り上げた。

――お目覚めか。手も足も頭も砕《くだ》け散っていないな？

――へ？　ああ、はい。大丈夫《だいじょうぶ》ですね。

全身に視線を這《は》わせて確認する。と、魔法《まほう》円の刻まれている私の手が目の前の男性にしっかり握られ、青い火花を散らしているのが目に入った。確かコンさんの魔法円が暴走した時も同じ光を見た。

手を通して感情が伝わったらしく、男は「暴走を治めるために使った魔術《まじゅつ》の反応だ」と答えた。

……どういうことだ。例の来た道を辿《たど》る魔法円を使ったわけでもないのに魔術の暴走現象が起こった？　前触れもなく、唐突《とうとつ》に？

――え、ええと。とにかく……助けていただいたということですよね。どうもありがとうございました。……あの、もしかしてぬ……ニールリュル国の王子様、でしょうか。

――ああそうだ。俺は第一王子ニュクス・ニールリュル。どうぞお見知りおきを。何、ただ通りかかっただけだ。大したことじゃない。意識が戻ったなら幸いだが、少しここで大人しくしておいた方がいいな。メイドが宮廷魔術師《きゅうていまじゅつし》を呼びに行ったらしいから、そのうちあの男も来るだろう。

そう行って男……ニュクス様は強く握り合わせていた手を離し、私に背中を向けて通路の向こう側を見やった。

額に滲んだ嫌な汗を拭《ぬぐ》い、ため息を吐《は》き出した。あの激痛に比べればまだマシだが、まだ少し痛みが残っている。一体何だったのだろう、あの地獄じみた光景は。意識を取り戻した今だからこそ幻《まぼろし》だと思えるが、見せられている最中はまるで現実のように鮮明《せんめい》だ。

ひとまず通路の壁《かべ》と兵士の手を借りて、ゆっくりと立ち上がった。通路の向こう側を見つめていたニュクス様はふとこちらを振《ふ》り返り、笑《え》みを私へ向けながら手を差し出してきた。

暴走を治めたのがこの人ならあの地獄《じごく》絵図も目撃《もくげき》しただろうに、また手を繋《つな》ぐ気になれるのは凄《すご》い。かえって私の方が気が引けてしまったが、断るわけにもいかず彼の手を握《にぎ》りかえした。

――すまない。かえって私の方が気が動転して色気も素《そ》っ気もない挨拶《あいさつ》をしてしまったな。叶《かな》うならもう一度やり直させてくれないか。

――は？

――先程《さきほど》たまたま通りかかったと言いましたが、本当は貴女《あなた》に会えないかと思って来たのです。私はニールリュル国第一王子ニュクス・ニールリュル。嬉《うれ》しいよ、貴女のように美しい女性と出会ったのは生まれて初めてだ、フォンセの神子殿。

…………。

ああなるほど、よくわかった。手に刻まれた魔法円の方が暴走したのか。完全に故障してしまっている。見目麗《みめうるわ》しいぬるぬる国のぬくす王子様から「貴女のように美しい云々《うんぬん》」などという嫌味《いやみ》にしか聞こえない台詞《せりふ》が聞こえてくる。やはり機械と同じく魔法円も定期的に点検しなければ駄目《だめ》なのか。

――うむ。確かに故障しているようだ。ニールリュル国がぬるぬる国に聞こえる。まあいい、多少の不具合は見逃《みのが》そう。……聞けば貴女は異世界から来たとか。神子《みこ》が神の国へ戻る術《すべ》を探しているとは、何とも神話的だな。悲劇的だが神々《こうごう》しい。

――すいません、今ちょっと頭が痛いので、もう少しわかりやすい言語でお願いします。あと私、マツリ・リンドウと申します。

〝フォンセの神子〟と呼ばれる度ぞわぞわと背筋が寒くなる。フラグが見える。政治利用された挙句の果てに死後は木乃伊《ミイラ》にされて崇《あが》め奉《たてまつ》られる光景が見える！　やはり異世界の人間だと伝わる前に髪を染めておけばよかった。外交問題など全く意に介《かい》さず攻《せ》めてきた！

——神子殿……マツリが言うなら善処しよう。……ふむ。どうやら色々と誤解があるようだ。確かに、神の国から降り立った神子殿には是非《ぜひ》ニールリュルに来ていただきたい。だが神子は神の国に返すのが正しい。悪趣味《あくしゅみ》な留《とど》め方などしないさ。

——はあ。

——疑わしげだな。清らかな神子に疑われるとは悲しいな。クウェンティンにはまだ滞在《たいざい》する予定だ。その間に色々とニールリュル国について知って欲しい。

言って、男は青い眼《め》を細めて笑った。

……何故《なぜ》だろう。これでもかという程賛美と敬意と信仰《しんこう》を盛り込んであるのに、言葉ほど情熱的な感情はまるで伝わってこない。普段《ふだん》漏洩《ろうえい》しなくていいところまで人様に晒《さら》しているはずの魔法円なのに、目の前の男の感情は酷《ひど》く静かに沈黙《ちんもく》を保っている。

これはいよいよ本当に故障したのかもしれない。

と、不意に遠くからばたばたと慌《あわ》ただしい足音が聞こえてきた。見ると通路の向こうから、メイド服を靡《なび》かせて走ってくるトイと、その後ろについて走るコンさんの姿が見えた。

彼らがこちらへ来るのをじっと待っていると、同じく二人を見ていたニュクス様が淡々《たんたん》と囁《ささや》いた。

——そうだな。ひとまずこれは言っておこう。……魔術だけを取り上げるなら、クウェンティンよりも俺の国の方が研究が進んでいるぞ？

そう言って、彼はチェシャ猫《ねこ》を連想させる笑みを浮《う》かべてみせた。

その時、それまでずっと沈黙していた魔法円がようやく感情らしき感情を伝えてきた。賛美でも敬意でも信仰でもない。私を見て明確に浮かべたのは至極《しごく》わかりやすい感情だ。

——冷ややかな嫌悪《けんお》と敵意。

その他《ほか》には何もなかった。

エピローグ

Epilogue

ニールリュル国第一王子ニュクス・ニールリュルがクウェンティン王城を訪《おとず》れて三日目の朝、レーガンは自身の仕事部屋で一人書類と向き合っていた。

本来ならニールリュル国との国交について議論するべきだが、ニールリュルの信仰生活に合わせて議論の時間は昼近くと決めてある。ニュクスは今頃《いまごろ》まだ眠《ねむ》っているだろう。ニールリュル国の人間は夜遅《よるおそ》くまで起きているのが一般的《いっぱん》だ。夜の女神《めがみ》フォンセの恩恵《おんけい》を少しでも長く受けるためらしい。ニュクスもその例外ではなく、昨夜もかなり遅《おそ》くまで起きていたらしい。明日に響《ひび》くという理由で早々に客室を引き上げて正解だった。

あれだけ飲んでおいて、翌日にはけろりとした顔でレーガンと国交について話し合いをしているのだから恐《おそ》ろしい。

そう思っていた矢先、レーガンの仕事部屋に従者を引き連れたニュクスがやってきた。自国はまだ早朝。まさか彼がこの時間に起床《きしょう》するとは思っていなかったレーガンは、目を丸くしてニュクスを見つめる。

始終笑顔を張り付け、何処《どこ》となく食えない雰囲気《ふんいき》を纏《まと》っている男だ。彼は驚《おどろ》くレーガンの視線を意にも介さず、仕事部屋に据《す》え置かれた長椅子《ながいす》に腰掛《こしか》けた。

「余所余所《よそよそ》しい奴《やつ》だな、お前も。不眠症《ふみんしよう》が治ったのならそう言えばいいだろう。昨日一昨日《おととい》と無理に飲みに付き合わせて悪かったな？」

「――……」

「お前の不眠を治すとは驚異《きようい》的な存在だな、〝異世界の娘《むすめ》〟は」

何気なく持ち出された言葉に、レーガンの書類を捲《めく》る手が止まる。

異様に耳の早いニュクスのことだ。いくらマツリの事情について情報規制していてもいずれ知られるとわかってはいたが、まさかここまで早いとは。

情報を入手した経緯《けいい》には触《ふ》れず、ニュクスは更《さら》に言葉を続けた。

「黒髪《くろかみ》黒目は探せばどの国にもいる、ねえ。たしかにいるかもしれないな。ただ、異世界から来たと聞いては捨て置けない。しかも労働させているとは。お前、フォンセ信仰者に殺されるぞ？」

ニュクスは顎《あご》をしゃくって、離《はな》れた場所に控《ひか》える己《おのれ》の従者を指し示した。従者の青年は厳しい顔つきでレーガンを凝視《ぎようし》している。確かにニュクスの言う通り、従者がレーガンに向けている目はまるで罪人を見ているようだ。

レーガンが低い声で「それが従者の礼儀《れいぎ》か」と窘《たしな》めると青年の体がびくりと跳《は》ねた。しかし相変わらず敵意に満ちた雰囲気は変わらない。神を信じる者の心が全く理解出来ないレーガンは、ため息をついた。

「言ったはずだ。フォンセ信仰はクウェンティン国と何の関係もない。あの娘《こ》はあくまで我が国が保護した遭難者《そうなん》だ。勝手にあれを神聖視して言いがかりを付けるのはやめろ。たかだか娘一人のために国交を拗《こじ》らせるつもりか？」

はっきりと脅《おど》しを込めて言い放つ。ニュクスは薄《うす》い笑みを浮かべ、じっとレーガンの目を見《み》据《す》えてきた。海の底を覗《のぞ》くような底知れない眼差《まなざ》しは、いつ見ても心の奥の暗闇《くらやみ》を見通されるようで居心地《いごこち》が悪くなる。

やがてニュクスはため息を吐き出し、長椅子の背もたれに寄りかかった。

「保護ねえ。正しいことを言っているつもりのようだが、寝室《しんしつ》に引き込むことも保護のうちか？」

「……強制はしていない」

「強制と何が違《ちが》う。行く当てもない頼《たよ》る相手もいない娘だ、衣食住を保証されればどんな条件でも呑《の》むさ」

そう言われ、レーガンは彼女と出くわした一番初めの時を思い出した。

悪夢も何もない、ひたすらに真っ白な眠り。あれが手に入るのならば、王族の醜聞《しゅうぶん》と騒《さわ》がれても構わないと思った。目の前にいる「娘」の意思よりも、そのはるか向こう側にある「眠り」だけを求めていた。

　ニュクスは眼を細め、徐《おもむろ》に長椅子から立ち上がった。

「まあ、強制はしていないと言うのならそれでいい。――つまりあの娘がニールリュルに行くと言えば、彼女の意志を汲《く》んで引き渡《わた》すわけだな？」

「……は？」

　思わず声をあげたレーガンに向けて、ニュクスは件《くだん》の食えない微笑《ほほえ》みを浮かべてみせた。

「フォンセの神子《みこ》はニールリュルで手厚く保護する。滞在期間中そう説得してみよう。ただの保護だと言うのなら、邪魔《じゃま》はするなよ？　レーガン・クウェンティン」

　かの女神の名を呼びながら、ニュクスはそう宣言した。

――敵意や嫌悪など微塵《みじん》も感じられない、過剰な程の敬意と信仰を言葉に乗せて。

あとがき

こんにちは。本作品が初めての方は、初めまして。睦月けいと申します。

本作品は、平凡《へいぼん》な女子高生・茉莉が徹夜《てつや》でマドレーヌを作ったその翌日、教室でうたた寝《ね》をして目が覚めると何故《なぜ》か異世界の王子の寝室《しんしつ》にいて、わけがわからないまま不審《ふしん》者扱《あつか》いされてしまうところから始まります。

長らく不眠症《ふみんしょう》に悩《なや》まされていたものの、茉莉が現れた夜は何故か熟睡《じゅくすい》出来たという王子は、茉莉に対し〝衣食住の保証と帰還《きかん》の術を探させる代わりに眠《ねむ》りを提供して欲しい〟と取引を持ちかけてきます。

果たして茉莉は無事自分の世界へ帰還することが出来るのか？

……という話です。

実はこの作品、某《ぼう》小説投稿《とうこう》サイトにて二〇一〇年から半年間こつこつ連載《れんさい》していたものでした。

元々は恋愛描写《れんあいびょうしゃ》の習作のつもりで書き始めたので、タイトルも非常に甘ったるいものをつけました。ラブコメディを目指していたのです。最初のうちは。

……しかし気づけば恋愛以上に料理のレシピや雑学について調べることが多く、最初から最後まで食い意地の張った物語に仕上がっておりました。料理やお菓子《かし》の歴史を調べるのがあそこまで楽しい作業だったとは……！　お気に入りはシフォンケーキの成り立ちです。あれは燃える。

その後連載していた最中に書きあげた別の作品で賞を頂き、「王子様の抱き枕《まくら》」は削除《さくじょ》したのですが、まさか数年経《た》って書籍《しょせき》化していただけるとは夢にも思っていませんでした。表紙のラフ画を拝見してようやく現実感が湧《わ》いた程《ほど》です。

イラストのユウノ様、登場人物達全員をとても魅力《みりょく》的に、そして食べ物はとても美味《おい》しそうに描《えが》いていただいてありがとうございます！　目次のデザインまで可愛《かわい》らしくて感激しました。担当様、今回も色々とお世話になりました。お陰様《かげさま》で無事書きあげることが出来ました。ありがとうございます！

一度消えたにも拘《かかわ》らず、再び日の目を見ることが出来た幸運な作品です。一度読んだ方にも初めて読む方にも楽しんでいただけるよう、大事に書いていこうと思います。お付き合いいただければ幸いです。
それでは。

睦月　けい

BEANS BUNKO

「王子様の抱き枕　不吉を誘うマドレーヌ」の感想をお寄せください。
おたよりのあて先
〒102-8078　東京都千代田区富士見1-8-19
株式会社KADOKAWA　角川ビーンズ文庫編集部気付
「睦月けい」先生・「ユウノ」先生
また、編集部へのご意見ご希望は、同じ住所で「ビーンズ文庫編集部」
までお寄せください。

王子様《おうじさま》の抱《だ》き枕《まくら》　不吉《ふきつ》を誘《いざな》うマドレーヌ
睦月《むつき》けい

角川ビーンズ文庫　BB81-9　18335

平成26年1月1日　初版発行

発行者――――山下直久
発行所――――株式会社KADOKAWA
東京都千代田区富士見2-13-3
電話(03)3238-8521(営業)
〒102-8177
http://www.kadokawa.co.jp/
編　集――――角川書店
東京都千代田区富士見1-8-19
電話(03)3238-8506(編集部)
〒102-8078
印刷所――――旭印刷　製本所――――BBC
装幀者――――micro fish

ISBN978-4-04-101163-8 C0193 定価はカバーに明記してあります。

首《おびと》の姫と首なし騎士
Head Princess & Headless Knight
睦《む》月《つき》けい イラスト/田《た》倉《くら》トヲル
王様候補探しを再び始める
引きこもり姫・シャーロット——
「だが、それぞれの思惑が絡み合い——!?
新感覚王宮ミステリ
「首の姫と首なし騎士」
第1巻〜第8巻
絶賛発売中!!
角川ビーンズ文庫

外面《そとづら》姫と
月影の誓約
麻木琴加《まきことか》
イラスト／Ciel
第11回角川ビーンズ小説大賞 受賞!
外《そと》面《づら》少女×ドSな相棒
ウソと本音の駆け引きスタート!!
大好評既刊 ①外面姫と月影の誓約

田中莎月《たなかさつき》
イラスト／伊藤明十《いとうあきと》
へっぽこ鬼日記
DON'T CALL ME "HEPPOKO"
ネット発！
大人気・和風異世界トリップ!!
藤見恭、基本ダラケた学生。が、自動販売機のボタン押したら異世界トリップ!? しかも、俺、鬼なの!? チキンな俺をドSな主と勘違いしてやる気満々の従者君、俺を何と戦わす気!? ブッ飛びバトルコメディ、見参!

●角川ビーンズ文庫●

花神遊戯伝シリーズ
須賀しのぶ推薦!!
閲覧数800万の大人気ウェブ作家が贈る、最高の異世界トリップ・ファンタジー!
糸森《いともり》 環《たまき》
イラスト/鳴海《なるみ》ゆき
大好評既刊
①よろしく遊べ、この異世界
②よろしく響け、この異世界
③よろしく誓え、この異世界
④ひとひら恋せ、闇告げる王
⑤ひとひら恋せ、六花《りつか》の夜
⑥ひとひら恋せ、胡蝶の月
⑦あさき夢見し、百華の雪

●角川ビーンズ文庫●

第13回
角川ビーンズ小説大賞
原稿募集中!
文芸部
新しいトキメキ、
待ってます!
賞金 大賞300万円
(ならびにトロフィーと応募原稿出版時の印税)
締切 2014年3月31日(当日消印有効)
発表 2014年12月発表(予定)
審査員 (敬称略、順不同)
金原瑞人 宮城とおこ 結城光流
★応募の詳細はビーンズ文庫公式HPにて!
http://www.kadokawa.co.jp/beans/
イラスト/カズアキ